U0668822

照殿红

昔昔盐 著

ZHAO
DIAN

HONG

中国友谊出版公司

目

CONTENTS

录

01 第一章　前尘

10 第二章　药茶

30 第三章　刺杀

41 第四章　秋猎

62 第五章　马球

77 第六章　复仇

89 第七章　因果

107 第八章　雪夜

114 番外一　江湖夜雨

126 番外二　人类微微甜

第一章

前尘

"溯洄从之，道阻且长。"

1

"陛下的恩客这样多，不知道还记不记得我？"

话音未落，又一颗脑袋滚落在地。

这样难听的话，我今日听了很多。

我擦掉刀刃上的血，抿唇看向高座上的萧祈。

他拢着鸦黑大氅，神容似雪。

"砍累了？"

目光相接，他神色平静，仿佛被辱骂的人不是他。

我摆摆手。

下一个被押进金銮殿里的，是废帝萧哲。

萧哲是萧祈曾经最疼爱的弟弟，却背叛他、凌辱他，将他踩在脚下。

萧哲被压得跪在地上，笑眯眯地仰头。

"皇兄这样大张旗鼓地行刑。

"想必明日，皇兄的艳名便会传遍上京。"

我的刀刃抵上他的脖颈。

"闭嘴！"

萧哲大笑起来，眼中是不加掩饰的恶意。

"主子都没发话，你这条狗激动什么。

"怎么，你也是咱们陛下的入幕之宾？"

我额角青筋直跳，抬手就要先剜了这人不怀好意的眼睛。

一只手在我肩上拍了拍。

萧祈不知何时从高台上下来了。

他掀起眼皮，语气很冷。

"朕会亲手将你千刀万剐。"

萧哲食髓知味般舔舔唇。

"皇兄当真是美人刀，刀刀割我性命——

"不过，比起'皇兄'，我还是更喜欢叫你'凤翎'。"

我盯着他，一字一顿：

"在那之前，我先割了你的舌头。"

2

夜半有雨。

我回来时，玉阶上的血迹依旧浓烈，怎么也冲刷不掉。

殿中点着灯烛，我捅开一点窗纸偷看。

萧祈若有所感，一抬眼，将我抓了个正着。

我进殿，老实巴交地垂下脑袋。

"我把他丢进贫民窟了，找了几十个乞丐。

"保证弄不死，真的，明天我就把他抓回来给陛下砍。

"绝对不能让他死得那么容易。"

我的声音越来越低。

半晌，我听见一声叹息。

他问："那你为什么要哭？"

我怔怔抬眉，眼泪止不住地掉。

灯烛下，这人脸颊清瘦，没有一点血色。

他忍辱负重十年。

如今，他一身病骨，几近油尽灯枯。

金銮殿上诸多污言秽语，唯有一句没有说错。

今日过后，萧祈的往事将会传遍上京。

人人都会知晓，春风楼里曾有位名叫"凤翎"的小倌。

他是从前的废太子，如今的新帝。

3

"凤翎"这个艳名，是萧哲故意折辱他而起的。

萧祈百日宴上，一神仙云游路过，说此子金相玉质，贵不可言，还给他起了个小字，叫"凤凰"。

萧祈的人生，本该如此的。

他本该是上京城中最骄傲鲜亮的小凤凰。

直到十七岁那年，他的弟弟联合他的老师和挚友，折断了他的羽翼，设计害他被废，又伪造他病亡的医案，将他囚在宫外折辱。

那年我十岁，第一次见到凤翎。

除夕夜下了很大的雪，连野草都没得吃了。

春风楼张灯结彩，我坐在墙根下等死。

我闻着里边飘出的香味，胃绞成一团。

在我闭眼的刹那，一个硬邦邦的东西砸到了我的脑袋。

我饿得没力气骂人了，伸手一抓，发现那是半个冷掉的馒头。

我生怕被抢走，狼吞虎咽地吃掉。

"老天爷，还有吗？"

我跪在地上，双手合十，虔诚磕头。

"只有这些了。"

楼上，响起一道沙哑的声音。

我循声望去，几乎呆住。

深冬腊月，少年衣衫单薄，平静地拿着另外半个馒头。

然后，这半个馒头砸到了我头上。

他像一尊深陷泥沼的菩萨像，自顾不暇，却奇迹般让我的肚子里有了一整个馒头。

我那个时候，在想什么呢?

——小菩萨看起来快要死了。

可他救了马上要饿死的我。

所以，我应该报答他点什么。

他的胳膊上青青紫紫的，像受了欺负。

我从小流浪，打起架来比狗还凶。

我想，我可以保护他。

我确实这样做了。

光阴轮转，一晃十年。

如今宫中人人皆知，新帝是个疯子，身边养了一条疯狗。

4

"云苓! 云苓! "

萧祈总在雷雨夜惊醒。

我掌着烛，连忙挑起帷幔。

"陛下，我在这里。"

烛火摇曳，萧祈面色惨白，额角冷汗涔涔。

我握紧了他的手，冷得失了温度。

"陛下，云苓在这里。

"没事了，陛下。

"我在这里。"

萧祈的喘息渐渐平息下来。

他哑声道: "我梦见了段长风。

"我用剑，一点点割断了他的脖子。

"他死不瞑目，问我，他不是我的挚友吗?

"挚友……哈，哈哈哈……"

他几乎笑出眼泪。

我轻轻拍着他的肩膀。

"陛下忘了，段家早就满门抄斩，段贼被五马分尸。

"头颅悬于东市示众，以儆效尤。

"余党及牵涉人等三百七十人，均已问斩。"

"好、好……"

萧祈低低笑起来。

他咳了一口血，神色疯狂。

"朕要，将他们全都杀掉！"

我扶着摇摇欲坠的他，觉得这人轻得像一片流云。

"云苓，誓死追随陛下。"

5

南诏为贺新皇登基，贡了棵山茶树，名唤照殿红。

此树在雪中开花，色泽如火，灿烂热烈。

和花树一同送来的，还有窜逃的太傅顾彦。

他曾是萧祈最为尊敬的老师。

我不知道他和萧祈说了什么，只知道顾彦被侍卫押回天牢后，萧祈一个人在殿中坐了很久。

久到夜幕降临，他捂着脸，在黑暗中大笑起来。

他从来不流泪，这番情态，也可能是在哭。

我静静走过去，任由他扯住我的袖摆。

苦海慈航。他抓不住命运的翻云覆雨手，只能牵住一截垂落在身前、柔软的衣袖。

他是沉浮的孤舟，我的袖子便是缆绳，要拉他靠岸。

"阿苓。"

他垂眼，神色隐在暗处，看不分明。

"朕要吃馒头。"

我说："我去吩咐御膳房做。"

"朕要吃从前春风楼里的。"

"陛下——"

"现在就要。"

他定定地看着我，竟有几分哀求的意味。

"……"我沉默半晌，"是。"

我揣着几个馒头，将将跨过最后一重宫门，就见未央殿的小太监惊恐跑过来。

"云苓姑姑，陛下不好了——"

6

雪夜里，满眼红光，照殿红开得灿烂。

我迟钝地转动着眼珠子，看见了半个时辰前撒娇要吃馒头的人。

萧祈胸口插着一柄匕首。

鲜血染透深雪，如同一团冰冷诡谲的火焰。

这是雪中最盛大的一朵照殿红。

我跪下去，颤抖着伸手，却冷不丁对上那双映丽的眼睛。

"不要看我。"

他低声开口，像是乞求。

"……脏。"

更多的血从喉咙里争先恐后涌出来，濡湿了我的前襟。

我呆呆问："你要死了吗？"

他痴痴笑："阿苓，你不为我高兴吗？"

是了。

他自从十七岁起，活着就只为复仇。

如今大仇得报，这世间，再也没有什么能留住他。

有什么冰凉的东西落在我的手腕上。

这是我第一次见到他的眼泪。

在春风楼被折辱时他没哭。

病痛缠身，生不如死，他没哭。

可是在死前，他却落了一滴眼泪。

他说："这是我十年来最开心的一天。"

是喜极而泣。

咽气之前，我听见他喃喃自语了什么。

很轻，我还是听清楚了。

"阿苓，所有人都很坏。

"……可是为什么，你那么好呢？"

我阖上他至死不肯闭上的眼睛，泪止不住地掉。

"您是唯一给我馒头的人。"

其实，也不仅仅是一个馒头。

你给了我很多很多。

我一直没有告诉萧祈。

这辈子，我能活到十岁，他功不可没。

太子慈悲好善，每月十六在广济门外设棚施粥。

那是我每个月最期待的一天。

我不用乞讨和争抢，就能吃饱饭。

故而，我对太子的崇拜远甚神佛。

神佛要我上供，太子却慷慨地让我吃饱。

他就是我的神明。

后来有一天，粥棚没了。

我才知道，太子死了。

我用半个馒头和别的乞丐换了半根白蜡烛。

我没有钱去寺里给他供灯。

我只能给他点半支烛，照亮一点他轮回的路。

烛火燃尽，我接着乞讨、抢食、流浪。

直到快要饿死的雪夜，半个馒头从天而降，砸到了我脑袋上。

如命运的轮回。

我抬头，神佛垂眼。

神又一次在我的生命中降临，第无数次救我于水火。

7

极致的红和白在我眼中交织，斑驳一片。

雪夜里，宫钟齐鸣，大丧之音。

我浑身冰冷，渐渐地看不见，也听不见了。

我生命的实感，随着怀中这个人而去。

恍惚间，好像有人在骂骂咧咧。

"这个女人是哪儿掉下来的？"

"护驾！护驾！有刺客！"

"有人要刺杀太子殿下！"

天旋地转，我狼狈地跪伏在地。

纷杂的脚步声响个不停。

侍卫举着长矛，将我团团围住。

刀光剑影，我却只看得见那双清澈的眼睛。

约莫十岁的小殿下歪了歪脑袋，满眼好奇。

"你……为什么是从天上掉下来的？

"你是母后说的神仙吗？"

我忍着泪，轻声道：

"是。

"我为小殿下而来。"

第二章

药茶

"我为一人而来。为他诛杀魑魅魍魉，荡平前路。"

8

我需要一个身份，一个能留在皇宫、留在萧祈身边的身份。

眼下是昭宁十二年。

这一年，上京城三月无雨，京郊千亩庄稼几乎枯死。

我记得，这场旱灾持续不久。

于是我自告奋勇，请命祈雨。

我在高台之上祝祷。

夜三更，一场大雨倾盆而来。

皇帝大喜，尊我为神女，将我留在宫中伴驾。

我回忆起前世种种，又预言了几件事。

这下，我一跃成为皇帝面前的大红人。

那日我从御书房出来，恰好碰上了来议事的太傅顾彦。

擦肩而过的瞬间，他斥责：

"装神弄鬼。"

我眉尖轻挑："太傅怎知，这不是真的呢？"

顾彦冷笑。

"鬼神本是无稽之谈。

"神女阁下，最好不要被我抓到把柄。"

我呵笑一声，眸色深寒。

"是吗？

"那太傅最好问心无愧，别干坏事。

"不然，当心厉鬼索命。"

上一世，顾彦伪造殿下的亲笔书信，联合从边关回来不久的段长风，诬告殿下谋逆，引得皇帝震怒，将殿下的太子之位废黜。

顾彦所做的一切，都是在为萧哲铺路。

萧哲的生母是南诏献上的美人。

顾彦少年时客居南诏，与她曾有过数面之缘。

求之不得，念念不忘。

见到萧哲的第一眼，他就认出了那双肖似故人的眼睛。

他要为这双眼睛倾尽所有，将那个满心崇拜他、尊敬他的稚子，推入万劫不复的深渊。

而我，就是深渊爬出，追魂索命的厉鬼。

我绝对不会放过他。

9

重生了这么久，我才发现，前世萧祈的一滴泪，变成了我腕上一粒朱砂痣。

我愣怔许久。

直到清脆的童声将我拉回现实。

"神女，你为什么能求到雨呀？"

我低头，正对上一双黑白分明的眼睛。

重生的这些天，我忙着取信于皇帝，忙着筹谋我的复仇计划，独独冷落了最重要的小殿下。

那么小的孩子，小尾巴似的跟在我身后。

"神女""神女"地问个不停。

他的要求，我从来都是无法拒绝的。

我推开窗，月光穿堂而过。

"小殿下听见了吗？"

萧祈怔然。

"……风？"

"是啊。"我笑起来，"而且，是东风。所以，明天是个好天气。"

一叶落而知天下秋。

风餐露宿的小乞丐，如何预知雷电，避开风雨？

靠的就是这些东西。

日的光华、风的方向、云的舒卷。

萧祈一点就通。

他若有所思。

"在那场雨之前，神女看见了什么？"

"日晕。"我轻声告诉他。

"所以我才敢断言，三更有雨。"

得到答案，萧祈定定瞧了我许久。

久到，我心中隐约生出些不安来。

我不动声色地咬了一下唇。

他会觉得我是骗子吗？

却听他脆生生道：

"神女，孤觉得你似曾相识。

"就好似，在哪里见过一般。"

我手中烛台险些打翻。

"是吗？"

我的笑容有些勉强。

还不如觉得我是骗子呢。

我宁愿他永生永世不要再想起那些。

我宁愿他从来都没有见过我。

萧祈认真点点头，又有些苦恼地皱起眉。

"可是孤想不起来了。"

我蹲下身，想要摸摸他的头。

· 13 ·

手伸到一半，我忽觉此举僭越，只好顺势替他抚平了衣襟。

我轻声道："或许是在梦中吧。"

在哪里呢？

殿下温柔慈悲，大概在对众生的爱里，见过我。

10

我踏进东宫时，萧哲正抱着萧祈的胳膊撒娇卖痴。

他有南诏人的血统，虽然年纪比萧祈小，身量却高大许多。

倒显得他更像兄长。

两人的缘分，始于萧祈的一次好心相救。

因为琥珀色的眼睛，萧哲被认为是不祥之人。

他在宫中的日子并不好过。

那时他还没有和顾彦相认，无人为他撑腰。

其他皇子嘲笑他、欺负他，骂他是怪物。

那天，他如往常一般被欺凌时，小太子的仪仗恰好路过。

众皇子顾不上打他，纷纷跪在路边行礼，要多乖巧有多乖巧。

唯有萧哲红了眼。

他不管不顾地扑上去，生生截停了太子的车辇。

"皇兄，救我——"

萧哲被打破了头，血顺着眉骨流下来。

他像只被逼到绝境的狼崽。

两边的侍卫见状要驱逐，却被止住了动作。

轿帘被挑开。

萧哲怔然仰头，望进了那双温柔的眼睛。

然后，小太子做了此生最错的一件事。

他朝萧哲伸出了手。

他不知道，面前这人，是条喂不熟的恶狼。

恶狼不会报恩，只想登堂入室，吃空他的血肉。

萧哲恨过很多人。

他最恨的，却是当初救他于水火的兄长。

他恨萧祈生来就在云端，万千尊荣，高高在上。

他恨自己只能跪在尘埃里，卑微仰望。

他恨。我也恨。

我偏要让月亮高悬云端。

我偏要让蛆虫，只能在泥中打滚。

11

"神女阁下！"

看见我，萧祈眼中亮晶晶的。

他兴高采烈地给我介绍他最喜欢的弟弟。

"这是小哲。"

萧哲笑容腼腆，甜甜地唤：

"神女姐姐。"

我只觉得被毒蛇缠上，一阵恶心。

我满脑子都是前世金銮殿上，这人也是用这样甜腻的语调，唤着"凤翎"。

萧哲察言观色的能力极强。

他马上意识到了我的冷淡，和萧祈撒了几句娇，就说身子不舒服告退了。

他带来的茶瓮还搁在案上。

揭开盖子，馥郁的茶香萦绕在鼻尖。

"这是什么？"

提起这个，萧祈眼中染了笑。

"这是小哲送的药茶。

· 15 ·

"说是南诏的做法，孤从来没见过这样的茶呢！"

我盯着瓮中细碎的茶叶，掩在袖下的手在颤抖。

萧祈小心翼翼地觑着我，小脸上写满担忧。

"神女是不舒服吗？孤让他们传太医。"

"……我没事。"

对上他不放心的目光，我勉强笑笑，柔声哄他：

"是陛下，陛下最近因为暑热，龙体欠安。

"听闻南诏药茶有解暑的功效，殿下何不进献一些给陛下？"

萧祈闻言，郑重其事地点点头。

我笑着告辞。

跨过殿门的刹那，我的神色阴沉下来。

在我的记忆里，前世殿下的身体一直很差。

求遍天下名医，都说不出个所以然来。

直到一位南诏游医探过他的脉，一语道破天机。

殿下不是生病，而是中了毒。

是一种来自南诏、鲜为人知的奇毒。

这毒下得年深日久，侵入心脉，药石无医。

萧哲的生母容贵人早早病逝。

放眼宫中，知道这种南诏奇毒，并能手把手教他的只有一个人了。

思及此，我冷笑出声。

真是刚想动手，就有人递刀。

如今段长风尚未回京，正是我分而破之的好时机。

顾彦，你爱屋及乌，这样疼爱这个故人之子。

不知道，你能为他做到哪一步？

养心殿中，皇帝与萧祈对坐烹茶，清香袅袅。

我就是这个时候闯进来的。

"陛下，太子，不可！"

皇帝蹙眉："神女，这是何意？"

"这茶，有问题。"

茶盏瞬间碎落在地。

"陛下容禀。这药茶本是二皇子进献给太子的，说有消暑宁神之功效。

"太子至孝，进献药茶，本是一桩美谈。

"但我午时做了一个梦，故而匆匆赶来。"

从前的预言，我都是以预知梦为托词。

皇帝本就对我出奇地信任，兼之梦又屡屡成真，所以他深信不疑。

我将梦见茶里有毒，二人饮后中毒的事告知他。

皇帝瞬间沉了脸色。

他传召整个太医院查看。

很快，就有太医得出结论。

"陛下，这茶里，有一味雀栀子。

"雀栀子本身无毒，但与茶性相混，却生奇毒。"

皇帝震怒。

"竟有人想要谋害朕和太子？！"

他想起这药茶出自谁手。

"来人，传二皇子——"

我不自然地轻咳，眼神游离。

皇帝的目光瞬间扫了过来。

"神女，还有话想说？"

我垂下脑袋，慢吞吞地开口：

"梦中，还有一件事……"

<h2 style="text-align:center">13</h2>

我把顾彦和容贵人的旧事说了。

皇帝惊疑不定，派出暗卫去查。

知道了最难的结论，再去倒推过程，很快水落石出。

皇帝怒不可遏。

"太傅，你也太过迫不及待了些！

"结党营私、勾结皇子、毒害朕和太子。

"你这个太傅当得不耐烦了，想当摄政王？！"

证据确凿。

顾彦脸色惨白，张了张嘴，说不出话来。

他的毒稀世罕见，他没法相信，这么快就被太医院发现了。

直到他发现太医发现的是雀栀子。

"……雀栀子？"

顾彦如梦方醒，抓到了一线生机。

"臣对陛下忠心耿耿，茶里出现此物，一定是有人要栽赃陷害臣！"

他很快想明白了前因后果。

"陛下，药茶虽是臣教二皇子所制，但臣绝无谋害之心。

"不如叫来东宫所有宫女太监，看看谁还碰过这茶！"

顾彦指着我，气得浑身发抖。

"陛下，兼听则明，偏信则暗啊！"

皇帝犹疑地看了我一眼。

事已至此，我只好假笑着点头。

我藏在袖下的手中出了薄薄的一层汗。

雀栀子，确实是我下的。

顾彦心思狠辣，做事滴水不漏。

前世放眼天下，也只有那个南诏游医认出了那种毒。

太医院一群酒囊饭袋，根本探查不出。

但我没有时间了。

人海茫茫，从何处找到一个小小的游医？

不过，只要认定了下毒，下的具体是什么毒，重要吗？

我还是要试一试。

就冲着能一举扳倒太傅和二皇子，我也会冒这个险。

那夜我做得隐蔽。

百密一疏，还是被一个人看见了。

那人是皇后拨到萧祈身边的大宫女烟雨。

眼下，东宫众人被一一带到了殿上。

"这些日子，你们可有见过什么可疑人等进出东宫？"

我的目光在半空与烟雨交会。

她瞥开眼。

"确有一人，奴婢不敢隐瞒。"

顾彦急不可耐地追问：

"是谁？！"

烟雨抬眸："太傅顾彦。"

14

人证物证俱在，顾彦百口莫辩，却还是竭力将二皇子择了出去，一力承担了皇帝的怒火。

皇帝龙颜震怒。

顾彦形同谋逆，革职下狱，以待秋决。

行刑前夜，我去天牢看他。

这些天，他已经想明白了是怎么一回事。

听见脚步声，他阴冷地抬头。

"一石二鸟，好手段。"

我哂笑。

"自是比不上太傅老谋深算。"

顾彦恨不得扑上来将我撕碎。

"你处处针对，步步紧逼，究竟是为何？"

束缚他的铁链哗啦作响。

我居高临下地睨着他。

"我告诫过你，最好问心无愧，别干坏事。"

天牢血气森森，我近乎痴迷地吸气，忽然就笑了。

"否则……当心厉鬼追——魂——索——命！"

顾彦被我这副疯魔的样子震住。

"你到底是何人？有何目的？！"

事已至此，我不妨告诉他，让他做个明白鬼。

"我为一人而来。

"为他诛杀魑魅魍魉，荡平前路。"

我的小菩萨，他只管慈悲六道。

在他身后，自有金刚怒目，降伏四魔。

顾彦嗤笑。

"成王败寇，无话可说。"

我扬手，将狱卒送来的酒尽数泼在了地上。

"但千刀万剐，一刀都不会少。"

15

萧哲疯了。

他失了太傅的助力。

皇帝厌弃他，萧祈也称病不见。

一夕之间，他失去了拥有的一切，再无东山再起之日。

我跨进冷宫的门槛时，萧哲跪坐在墙根，正往嘴里塞着野草充饥。

短短几日，他像完全变了一个人，阴郁、枯槁、瘦小。

他的眼珠子机械地转动。

看见我，他只是痴痴地笑。

"我与你无冤无仇，你为什么这样对我？"

这话问得好笑。

他那么小，心思却阴毒至此。

沦落到如今地步，他咎由自取。

我瞧着他，无不嘲讽地反问：

"太子殿下与你有仇吗？"

萧哲呆住了。

良久，他喉咙里发出"嗬嗬"的声音。

他疯了似的扑上来，却被我侧身躲开。

他磕破了头，血顺着眉骨流下来，似哭似笑。

"为什么，就连你也要帮他？

"他是中宫嫡出，生来就是高高在上的皇太子，用得着你帮吗？

"我呢？一个异族美人生的野种！我什么都没有！

"神女，你不是神女吗？

"你不该普度众生吗？

"你来救救我！来救救我啊！"

我矢口否认。

"我不是。

"唯一能救你的那个人，是你自己不要他的。"

我算哪门子神女？

从始至终，怜悯众生的，唯有太子殿下而已。

"从今天开始，这座冷宫就是你的坟墓。

"你一辈子都会被困在这里。

"——直到死。"

我要让他眼睁睁地看着自己废掉。

而殿下如日之升，如月之恒。他此生都高攀不上。

殿门重重阖上。

将要关死之时，萧哲像是忽然清醒。

他唇齿间，幽幽飘出来一句誓诺。

"你害死了义父。

"来日方长，我要让你血债血偿！"

我头也不回。

"若你不愿苟活，杀你，也无不可。"

16

这是这些天，我第七次来东宫。

小宫女满脸歉意。

"殿下病了，不见任何人。"

萧祈不肯见我了。

以他的机敏，猜到我动的手脚是早晚的事。

那么小的孩子，忽然失去了尊敬的老师和宠爱的弟弟。

他怨我，也是应该的。

我想了想，从袖中摸出一枚玉章。

这是前些日子，我答应给他刻的生辰礼。

我想了很多吉祥话，最后刻下了"长乐未央"。

愿他此生，欢愉无尽，永受嘉福。

我托小宫女代为转交，又斟酌着开口。

"云苓无可辩解，任凭殿下发落。"

我转身要走，却听见一声沙哑的——

"等等！"

我猝然回首。

萧祈衣衫凌乱，赤脚跑了出来。

他眼眶泛红，委屈极了。

"你当真，一句话都不愿和孤辩解吗？

"你若是今日走了，往后都不要再来东宫！"

分明是威胁的话，却带着鼻音。

他生怕我扭头就走，小手还紧紧牵住了我的袖摆。

我看得心都要碎了，蹲下身，看向他微肿的眼睛。

"我若说了，小殿下信吗？"

萧祈执拗地回望着我。

"只要是你说的，孤都信！

"但是，你不可以什么都不说！"

我最终还是没告诉他那个残酷的真相。

人世间的恶意是个庞然大物，可他还那么小。

在这只小凤凰羽翼丰满之前，我唯一想做的，只有保护他。

于是，我只是模模糊糊地告诉他：

"殿下，我来自你的未来。

"但这件事，我不能详细地告诉你。

"作为补偿，你可以问我一个问题，知无不言。"

萧祈呆住了，像在接受这个事实。

良久，他抓住我的衣袖，仰头问：

"未来的孤，是什么样子？"

他眼神亮晶晶的，都是对未来的憧憬。

他是那么真挚地期盼他的人生。

他觉得会像父皇母后、朝臣史官所认为的那样，缔造一个全新的盛世。

没有人知道，没有人会想到，在不远的未来，他会被最信赖的人欺骗、背叛、践踏。

他会沉疴难愈、病骨支离，再也没有半分从前飞扬的神采。

他会变成自己也不认识的疯子。

不会有人记得那个温柔慈悲的太子殿下。

再也不会。

心脏像是被捅了一刀，痛得我呼吸困难。

面上，我还是扬起一个笑来。

我说："未来的殿下，彪炳千秋，泽被万民，而成一代英主。"

我骗了他。

未来的他成了人人唾骂的暴君，自刎在了二十七岁的雪夜，一生坎坷流离、不得安息。

萧祈浑然不知。

他的眉梢眼角都是灿烂的笑意。

"那神女呢？

"神女还会陪着孤吗？"

我鼻尖发酸。

"会的。"

纵使千万人背弃，云苓也会站在殿下身边。

萧祈实在是个敏感的孩子，不知道是不是察觉到了什么。

他忽然小心翼翼地问我：

"那，会不会有一天，神女不在了呢？"

"嘘。"

我将食指比在唇前。

"殿下，这是另一个问题了。

"说好了，只能问一个。"

再问，我就忍不住眼泪了。

萧祈气鼓鼓地把自己裹进了被子里。

他滚来滚去，颇为懊恼的样子。

他想起什么，忽然探出了个脑袋，怯怯道：

"神女，你不会走的，对不对？"

"小殿下放心。"

我怎么舍得，离你而去呢？

17

我从东宫出来时，正碰上皇后的仪仗。

送我出来的烟雨姑姑停住了脚步。

她朝我做出"请"的手势。

"皇后娘娘久等了。"

我的心蓦然沉了下来。

又听见轿中，传来皇后温柔的声音。

"神女勿忧。

"本宫只是想要和你说几句话罢了。"

我抿了抿唇，拨开了珠帘。

皇后生得极美。

雍容大气的脸型，眉毛细长如弯月，有一种疏离感。

她像是古画里走出来的观音。

我看得移不开眼睛。

总算知道萧祈的容貌承自何方。

皇后对此习以为常。

见我愣怔，她并没有苛责，只是浅浅抿了口茶。

"神女做事，未免太不小心了些。"

我呼吸一滞，知道她说的是我下雀栀子的事。

"不过你放心。"

她轻笑着放下茶盏。

"烟雨是本宫的心腹。

"那夜之事，不会再有第四个人知晓。"

我讷讷张口，忽然不知道说什么。

半晌，我只问出一句"为什么"。

"因为本宫信你。"

皇后垂眸，玩赏着金灿灿的护甲。

"十年前，本宫见过你。

"你曾救过本宫的小凤凰一命。"

……什么？！

我骤然睁大了眼睛。

这怎么可能？！

皇后恍若未觉，神情还是淡淡的。

"神女无须怀疑，本宫过目不忘。

"所以本宫信你。"

下一句，意有所指。

"这次有本宫来替神女收场，下次，可要小心。"

不等我问更多，皇后轻轻笑了笑。

"本宫倦了。

"烟雨，送客。"

18

宫中有一座"摘星阁"。

听闻现任的国师是世间最为智慧明净之人，年纪轻轻便通晓万物。

不过因为他脾气古怪，不得圣心。

时隔很久，摘星阁的门又一次被人叩响。

我被厚重的灰尘呛得直咳嗽。

过了片刻，尘烟渐渐散去，眼前明晰下来。

我看见了一个颇为年轻俊秀的小僧。

小僧眉目如画，皓齿朱唇。

他阖目微笑。

"小僧妙法。"

声音嘶哑如老朽。

我被惊得后退了一步。

妙法恍若未觉，灿烂地笑起来。

"神女，别来无恙?

"你要喝酒吗？"

我心头百感交集。

我不知是该先问他一句"你看得见我"，还是"和尚不是不喝
酒吗"，抑或"我们见过吗"。

妙法却像是知道我心中所想。

他道："小僧认得神女的脚步声。"

我蹙眉："你这和尚，好生奇怪。"

妙法也不恼，只是轻轻笑。

"神女这样说，倒令小僧有些伤心。"

我摸了摸胳膊，险些起鸡皮疙瘩。

令人尴尬的沉默中，妙法叹息。

"小殿下百日宴上，霞光漫天，百鸟齐鸣。

"神仙云游至此，为小殿下取字'凤凰'。

"圣上以为吉兆，命画师绘制《神女图》。"

我愣怔。

十年前，宫中还有另一个神女来过?

妙法垂目，只道：

"《神女图》存于东宫。"

他好像还有什么话想说。

但我走得太急，他来不及张口。

我也没有看到，在我离开摘星阁后，妙法的容颜以肉眼可见的速度衰老。

朝为朱颜，暮为枯骨。

他终于睁眼。

如果我在这里，一定会惊呼出声。

妙法的眼眶里空洞洞的，什么都没有。

但看轮廓——

他曾有过一双极漂亮的眼睛。

19

我找到了那幅《神女图》。

妙法骗我。

画上确实有个衣带当风的人，为小太子赐福。

可是不知是颜料褪色，还是画师刻意留白，神女的面目模糊不清。

我一时气闷，思来想去，还是觉得妙法知道些什么。

他不仅知道，还诓我！

我怒气冲冲起身，就要杀去摘星阁问个究竟，却听见钟声，投石落水般在宫中荡开涟漪。

我叫住身边跑过的太监。

"这是怎么了？"

前世，我听过萧祈的丧钟，并非如今这般。

"国师大人……圆寂了。"

摘星阁今日的客人，实在很多。

我挤过熙熙攘攘的人潮，目光掠过莲台上的枯骨，在阁楼中茫然四顾。

妙法呢？

袖摆一重，萧祈仰头看我，神色担忧。

"神女，为什么哭了？"

我摸了摸脸，这才碰到一手水痕。

"我不知道。"

皇后——妙法——《神女图》。

眼前天旋地转。

画卷深浅斑驳的色泽填满我的眼帘。

我甚至看见那只凤凰翅膀上细小的绒羽，却怎么也看不清，画中神女的眉眼。

我大概、一定忘记了什么很重要的事。

我多方打听，在宫外找到了妙法的徒弟。

得知我的来意，胖和尚低眉诵了声佛号。

"施主来了。"

这话，倒是早就料到了我会来。

"师父确实给施主留了一句话。"

胖和尚微笑："施主想听真话还是假话？"

我愣怔："什么？"

"假话是，不如怜取眼前人。

"真话是……

"'小僧恨死你了！不过，跟着你很好玩，下辈子还要遇见你。'"

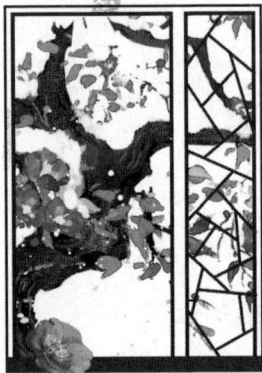

第三章

刺杀

"糟糕，把殿下惹生气了。"

20

昭宁十九年，春花绰约。

"云苓！"

有人红衣猎猎，自林间策马而来。

宽肩窄腰，不知谁家的少年郎这样俊俏。

他从怀中拎出一只胖乎乎的小白猫，献宝似的捧到了我面前。

"它的毛可白可好摸了！

"我给它起了个名字。

"就叫桂花糕，好不好？"

他弯着眉眼，眸中是碎星般的笑意。

这一年，萧祈十六岁。

如我所愿，他长成了意气风发的少年。

这是我前世从未见过的殿下。

我看着眼前明亮的少年人，心头酸涩，几乎挪不开眼睛。

他本该永远如此。

张扬又明亮。

不过，我没想到的是……

小殿下长大了，不再小尾巴似的追在我身后，喊我"神女"，而是一口一个"云苓"，叫得亲昵。

他曾好奇我名字的来历，缠着我问个不停。

我无奈地指指小几上的云片糕，又指指另一盘茯苓糕。

说来好笑，但我的名字确实就是这么个来历。

我生来被抛弃，长到十岁，还是一个无名乞儿。

当年混进春风楼时，正有几个丫鬟在传点心。

我没有名字，但记住了点心的名字。

"公子，我是云苓。"

然后我站在凤翎面前，告诉了他这个临时拼凑出的名字。

屋里甜腻的情香味还未散尽，凤翎披着薄衫，目光落在远天，没有聚焦。

我蹲在他身前，磕磕绊绊地告诉他。

"公子，从今往后，云苓会保护你。

"云苓，是来报恩的。"

凤翎的眼珠机械地转过来。

他开口，声音轻得要散在未尽的炉烟里。

"你报的什么恩？"

这怎么能忘记呢？

我认真提醒：

"除夕夜，公子给了我一个馒头。"

那个时候，我还没认出眼前这人是太子。

我来到他身边，追随他，效忠他，只是因为，他在我要饿死的时候，给了我一个馒头。

凤翎怔住了。

他这半生发过无数的善心，兢兢业业地做一个宽仁的储君。

临到头，众叛亲离。

只有一个小乞丐记得他随手施舍的馒头。

他捂着脸，浑身颤抖，不可抑制地笑起来。

我却觉得他在哭。

"公子！"我慌了神。

"是谁欺负了你？我杀了他！"

为此一诺，两世追随。

从未敢忘。

21

萧祈捡回来的桂花糕越长越大。

直到某日，我看着它身上渐渐出现的黑色条纹，陷入沉思。

桂花糕摇着大脑袋，用圆耳朵拱着我。

"嗷呜？"

我摸了摸它厚实的肉爪，看向身边的萧祈。

"这就是殿下捡的猫？"

萧祈轻咳了声，忍笑忍得辛苦。

"阿苓，你怎么现在才发现啊？"

殿下变坏了！

我气得作势要捏萧祈的耳朵。

他扣住我的手腕，眉眼弯弯地讨饶。

"错了，孤知道错了。"

玩闹间，身前传来一声轻咳。

烟雨敛眉。

"殿下，秦姑娘的马车已在宫门外候着了。"

太子已经到了选妃的年纪。

皇后在京城贵女中挑了又挑，最后看中了镇国公的孙女秦绾。

两家有意撮合，便选了今夜元宵让二人同游。

萧祈皱眉。

"孤不是说不去吗？"

我挣开萧祈的手，扬起一个笑。

"殿下，快去吧。

"别让秦姑娘等你太久。"

· 33 ·

烟雨也道：

"殿下，您再耽搁，皇后娘娘要怪罪奴婢了。"

萧祈被簇拥着出了宫门。

他好几次想要回眸，却都被着急的宫女太监们挡住。

渐行渐远。

我快要看不见人潮中的他了。

直到手心传来又湿又刺的触感。

桂花糕在舔我的手。

我垂眸，看向腕上的朱砂痣。

自从扳倒太傅和萧哲，这颗痣就不如原先浓烈了。

我因这颗朱砂痣来到此世。

或许在朱砂痣消失时，我也会被迫离开。

回到……那个永失萧祈的雪夜。

不能细想了。

我只知道，我要尽快解决一个人。

这些日子，朝堂上出了件大事。

——镇北军大胜还朝，段小侯爷不日抵京。

22

上一世，殿下视段长风为挚友。

段长风却为顾彦做伪证，污蔑殿下与他通信，意图谋反。

他见不惯殿下那副温柔慈悲的样子，处心积虑，将高岭之花拉下神坛。

他要萧祈的目光只能看向他一人，再装不下众生，来满足他变态的占有欲。

前世萧祈登基后，最先杀的就是他。

段家世代侯爵，在朝中根基颇深。

如今没有了太傅和萧哲与他里应外合。

妙法圆寂后，我接任国师，亦在宫中培养起自己的势力。

但想要动段长风，依旧不容易。

可是……

我想起那些折辱和践踏，恨不得即刻手刃了他。

"嗷呜！"

手中不自觉用力，桂花糕被我勒疼了。

它气鼓鼓地从我怀中跳了下去，委屈地控诉我。

就在这时，有人匆匆赶来报信。

"段长风脱离大军，取道小路回京，现已入城。"

夜色低垂，我猛然起身。

段长风没带侍卫，一个人回来了。

而且他是偷偷跑回来的。

机会来了。

23

我在夜市中找到段长风时，他正在调戏一个姑娘，抢了人家的花灯不肯还。

我握着匕首的手心微微出了汗。

我深吸一口气。

云苓。

我告诫自己。

若今夜之事能成，殿下再无后顾之忧。

我的时间不多了。

趁他戏弄那个姑娘的间隙，我抬手，袖中利刃闪过夜色。

——刺啦。

极沉闷的一声响，锋刃扎入他的脖颈。

段长风的反应太快了。

几乎是生死间训练出的本能。

他的身体动了一下，错开命门，躲开了这本该必死的一击。

他如同被激怒的野兽。

他反手握住刀刃，任由手心被割得鲜血淋漓。

另一只手，格挡住我七八个同伙，顺势折断了我的左臂。

他不顾其他刺客的围攻，一招一式，老练狠辣，冲着我的命门来。

人群见血，慌乱地推搡起来。

"有刺客！"

"杀人了！杀人了！"

"快去报官！"

那一瞬间，熙熙攘攘的人群里，我看见一双愕然的眼睛。

萧祈在看我。

透过蒙面的黑布，他仿佛要深深望进我的眼底。

对视一刹那，我别开眼。

匕首几乎被段长风弯折成废铁，当啷落地。

我心中暗道不好，再顾不得其他，飞身就往巷子里钻。

段长风捂着脖颈怒吼。

他今夜认准了我，追了上来。

"小爷一定要杀了你！"

夜风吹得衣袍鼓荡。

我闻见身后人浓重的血腥气，只顾往更深更破的巷子里逃窜。

段长风常年征战在外，而我自幼像老鼠一样穿梭在上京的大街小巷，论对这些巷弄的熟悉程度，他不如我。

很快，绕过两个暗巷，身后的段长风彻底被我甩开。

我脱力般跪坐在地上，捂着胸口，止不住地喘息。

小腹处的衣料被血浸湿一片。

刺杀不成，断了只手臂，身上还被捅了个血窟窿。

段长风的警惕性，比我预料的还要高。

这次是我轻敌了。

由远及近，火光亮起，很多人的脚步声夹杂在夜色里。

官府的人追来了。

我歪歪扭扭地站了起来。

刚走出一步，黑暗里，响起一道冷冷的声音。

这人一路追来，气都没喘匀。

"站住。"

我浑身一僵，再也顾不得疼，飞身就跑。

"云苓，你敢？！"

萧祈咬牙切齿。

"你若敢跑，孤回去就打断你的腿。

"孤说到做到。"

我想，完了。

刚干点坏事，就被抓了个现行。

殿下这回是真生气了。

……他不会真要把我抓回去，就地正法吧？

我故作柔弱地捂着小腹，往萧祈的方向踉跄了几步。

"殿下，好疼啊……"

看准方向，我猛然往他身上倒去。

萧祈下意识将我接住。

他摸了一手血，慌了神。

"云苓？！"

我闻着他身上沉雅的宫香，假装昏了过去。

殿下怜悯弱小，想必会先将我带回宫医治，再行责问。

至于段长风……

他现在还没有露出马脚。

杀他一事，还须从长计议。

24

段长风颜面尽失，气到跳脚。

他嚷嚷着等揪出刺客，非要将此人千刀万刚。

"阿祈，你说是不是见鬼了？

"那晚全城戒严，整个上京都被翻过来了。

"就这样——还是让刺客跑了！"

见萧祈不理他，段长风"哎哟哎哟"喊痛。

他仿佛不能自理，要萧祈帮他上药。

萧祈掀起眼帘，终于说出了今天的第一句话。

"你手断了？"

段长风打量着他的神情。

"阿祈，你捡的那只白老虎又惹你生气了？

"叫什么来着？茯苓糕？"

萧祈冷笑一声。

隔着一扇屏风，我听得胆战心惊。

那夜，萧祈将我塞进马车，躲过盘查带回宫。

他往灯下一坐，看清我浑身是血的狼狈样子，几乎压抑不住自己的怒火。

两辈子，这是我第一次，见到他这么生气。

他问："为什么要这么做？"

我说："因为我和他有仇。"

"什么仇？"

"血海深仇。"

萧祈问不出我的话，索性将我扣在偏殿里养伤。

任由段长风抓不到人，无能狂怒。

我也搞不懂萧祈是怎么想的。

段长风前脚刚走。

我紧接着就从屏风后钻了出来。

"殿下。"

我心虚地轻咳了声。

"摘星阁还堆积着事务，我该回去了。"

不等萧祈开口，我转身就溜。

"云苓，你敢？！"

又是这句话。

我在心中叹息。

殿下，我没什么不敢的。

我的胆子，其实比你想得大。

我却还是乖巧地停住了脚步。

绯色的衣袖垂落在我面前。

"殿下。"

我仰头看他，一字一顿。

"你拦不住我的。"

段长风，我是一定要杀的。

见我这样理直气壮，萧祈气急。

"段家世代侯爵，功高盖主，段长风更是老侯爷独子。

"当众行刺，你不要命了？

"要是被抓到，有几个脑袋够砍的？！"

原来是怕我被抓到。

我认真道："殿下放心。

"若被抓到，我一定自毁面目，绝不连累东宫。"

"……你！"

萧祈被气得够呛。

"孤不是这个意思。"

我眉尖轻蹙。

那是什么意思？

萧祈盯着我看了半天。

他终于败下阵来。

"孤只是……担心。

"这些天，孤总是反复想起那晚。"

他的声音在颤，忽而低不可闻。

"若是孤来迟一刻。

"还能见到你吗？"

全城戒严，官兵将大街小巷封锁，要瓮中捉鳖。

我真的跑得掉吗？

从来一往无前的殿下，此刻，在后怕。

原来，他不怪我要杀段长风吗？

我讷讷低头，不敢看他的眼睛。

"云苓答应殿下，往后，不再冒险。"

都是我太鲁莽了。

殿下，不要难过了。

第四章

秋猎

"既然是梦，那就让我放纵一回吧。"

25

夏去秋来。

我的伤基本上已好全。

段长风遇刺一事也因抓不到刺客，不了了之。

转眼到了白鹭山秋猎。

萧祈身着玄色劲装，一箭射中靶心，拔得头筹。

满堂喝彩，秦绾笑着递上帕子。

"殿下，擦擦汗，休息一下吧。"

这次秋猎，皇后特意叮嘱了她来。

连她驻扎的营帐也紧挨着萧祈的。

萧祈婉言拒绝，从袖中取出另一方旧旧的锦帕。

我瞅着那帕子，怎么看怎么眼熟。

秦绾看清上面的图案，紧绷的脸忽然放松下来。

"这帕上的公鸡是殿下自己绣的吧。

"殿下喜欢这个图案吗？

"改日，臣女给殿下再绣一方。"

萧祈的眼角抽了抽。

他闷声道："这是凤凰。"

我绝望地闭了闭眼。

这帕子，是从前有一年，萧祈缠着我要的生辰礼。

我杀人越货的本事不错，但绣起花来，歪歪扭扭，丑得没眼看。

见气氛陷入尴尬，我轻咳一声，正要打圆场，旁边忽然响起一道轻佻的声音。

"别管殿下，他就是这样不解风情。

"殿下不肯要，秦姑娘不如送我一方？"

段长风抱臂，不知旁观了多久。

他的目光笑嘻嘻地扫来。

"神女的手生得巧，不知有没有为殿下做过女红？"

秦绾闻言，轻笑出声。

"小侯爷慎言呀，神女怎会沾染此等俗事。"

段长风似笑非笑："但愿神女真的那般超凡脱俗才好呢。

"否则，岂不欺世盗名，诳时惑众？"

来者不善，话中有话。

萧祈蹙眉打断。

"神女乃父皇钦定，岂容尔等妄议？"

我对上段长风的目光，看清了里面的戏谑和嘲弄。

"小侯爷想说什么？"

段长风笑起来。

"神女既能夜观天象，想必目力不俗，百步穿杨，亦不在话下。

"敢不敢和我比一比射艺？"

萧祈想要阻止，被我拦住。

他敢这样当众发难，想必是知道了什么。

而且，他是有备而来的。

与其退避，倒不如看看他要干什么。

段长风得逞地笑了。

"神女若比不过我一介肉体凡胎，这双观星的妙目，岂不有名无实？"

原来如此。

我轻笑着回敬。

"听闻小侯爷能在万军中一箭射落敌首，小小年纪便战功赫赫。

"若输给我，这双鹰眼岂非浪得虚名？

"不知那累累战功，又有几分真、几分假呢？"

段长风的脸瞬间变得铁青。

"神女就这么有把握赢过我？"

"不，我相信殿下。"

我转眸，看向面沉似水的萧祈。

"我不通射艺，还请殿下教我。"

26

少年人温热的胸膛抵在身后，他将头搁在我的肩膀上，摆正我的姿势。

"前肩压实。"

他的手包裹着我的手，牵引我开弓拉弦。

"搭箭空开。"

吐息近在耳畔，带着点沙哑。

松手的瞬间，我蓦然抬眼，看向他认真的侧颜。

这一幕，似曾相识。

前世有一年，殿下教我射箭，说的也是同样的话。

不过那时他病得起不了身，披着大氅坐在不远处，指导着我怎样站立和翻腕。

回忆里的我，故作老练地拉弓，同样射出那一箭。

我有一瞬间的恍惚。

银光一闪，箭镞已经没入靶心。

萧祈到底是少年心性，见我第一箭就射得这样好，得意极了，眼中都是亮晶晶的笑意。

他雀跃道："你射得很好！"

回忆里，那支箭我射得歪歪扭扭，甚至没有出现在靶上。

殿下被逗笑了。

笑着笑着，他抑制不住地咳嗽，又有些伤怀。

"若是我身体好一些，就可以手把手教你。

"不过，你射得很好。"

他抬眸，目光温柔极了。

"阿苓是我最有天赋的学生。"

那个时候，我总觉得殿下在安慰我。

能把箭射没的人，算哪门子有天赋？

后来我才知道，他没骗我。

殿下这辈子，也就教过我一个人射箭。

我作为他唯一的学生，自然是……最有天赋的。

跨越前世今生，相似的场景，相同的话。

我忍着眼泪，轻声道：

"因为殿下教得好呀。"

我不是最好的学生。

殿下却是最好的老师。

段长风冷眼旁观，不耐烦地把玩重弓，开始阴阳怪气。

"怎么，神女这就学会射箭了？

"等会儿输了，可别说我欺负你啊。

"不如，你给自己算一卦，看看今天有几成胜率？"

我不置可否。

"我已经算过了。"

段长风愣了一下。

"……什么？"

言语间，我已经挑好了弓，回眸一笑。

"十成。

"赢你而已，绰绰有余。"

这是殿下曾教我的箭术。

我绝不会输。

27

段长风轮番搭箭、拉弓，一气呵成。

三支白毛羽箭前后正中靶心。

众人叫好，段长风轻蔑挑眉，朝我做了个"请"的手势。

我看他一眼，将三支羽箭一起搭在了弦上。

人群窃窃私语：

"连小侯爷一次都只射一支，神女未免太过自信。"

"她这般，怕是连弓都拉不开吧！"

"我看，这就是自乱阵脚了……"

段长风抱臂嗤笑："不自量力。"

我盯着远方，脑中却是病榻上殿下温柔的神情。

他说："阿苓是我最有天赋的学生。"

殿下精通六艺，骑射尤其出色。

他少年时，一箭射死猛虎，是上京城最负盛名的天之骄子。

我想，老师，我没有辱没你的声名。

为了你这句话，上辈子，我将箭术练得炉火纯青。

虽然不能射死猛虎，也能轻松命中百步外的柳叶。

我不再是当初能将箭射丢的小姑娘了。

弓开如满月。

鸣镝声响，三支白毛羽箭离弦。

一支正中靶心，射进了段长风三支箭中间的夹缝。

一支射中远处树上的野果，不偏不倚，正中红心。

最后一支，擦着段长风的脑袋，钉进了树干之中。

惊落满树绿叶。

· 46 ·

场上鸦雀无声。

萧祈惊叹地看着我。

段长风面色难看，仍在嘴硬。

"比试规则是射中箭靶，命中的箭多者胜。

"你就是射到我头上，靶上也只有一支箭，又有何用？"

我意味不明地笑了声。

下一刻，人群中发出惊呼。

段长风愕然抬眼。

箭靶上，只剩下我的一支羽箭。

那一箭力道之大，竟将段长风的三支箭都震落下去。

我对上萧祈的眼神，很轻地笑了。

"小侯爷，承让。"

28

月色清明。

我对着烛火，琢磨着怎么绣一只好看点的凤凰。

营帐中，来了个不速之客。

雪亮的刀光闪过我的眼帘，直直向我脖颈削去。

几乎是身体的本能反应，我仰身避退。

再回身，我袖中匕首反手刺去。

瞬息之间，已经过了七八招。

直到他将我压在榻边，我挑落他蒙面的黑布。

"……是你。"

段长风的拇指摁过我的眼尾。

"秦姑娘说得没错，那晚果然是你。

"神女阁下——

"可教小爷好找啊！"

秦绾？

我恍然大悟。

那晚见过我的，不只萧祈一人，还有后追来的秦绾。

若不是她告密，段长风绝无可能怀疑到我头上。

下一刻，他闷哼一声，被迫后退。

我拔出扎进他小腹的匕首。

鲜血飞溅，滴滴答答，弄脏了我新绣的锦帕。

啧。

我嫌恶皱眉，抓住了段长风的手。

段长风舔了舔唇。

"怎么，神女现在害怕了？

"求我。"他笑容轻佻。

"求得小爷心情好了，也许就放过你了呢。"

他玩味的目光落在我打斗间松垮的衣领上。

我喘过气，冲着帐外大喊：

"来人啊！有刺客！"

段长风一愣，古怪地笑了，不无嘲讽。

"不会有人来救你的。"

他索性大大咧咧地掀开帐子。

如他所言，巡逻的侍卫连个人影都没有。

"陛下遇刺，侍卫都去救驾了。

"又有谁来救你呢？"

电光石火间，我瞳孔紧缩，明白了他的话外之音。

"你敢？！"

他笑起来，野心明晃晃装在眼睛里。

"有何不敢？

"不过，我暂时不杀你。

"你不是神女吗？我无比期待，你被我们扯下神坛那天。"

我蹙眉:"我们?"

段长风"啧"了声:"他若是知道,你就这样忘了他,恐怕会恨得发狂。

"你得罪的人,可不止我一个。"

29

我匆匆赶到大帐,终于明白了段长风的意思。

皇帝遇刺。

千钧一发之际,有个人扑上去替他挡了一刀。

是二皇子萧哲。

几年不见,他长成了少年人的模样。

他眉目深邃阴郁,再无半分往日天真的神采。

来不及包扎那处还在流血的伤口,萧哲流泪自白。

说这些年在冷宫,他日夜反省自己的罪孽,后悔不迭。

此次秋猎,他求了段长风,扮作段家的家仆随行,只是为了再见见自己的父皇和太子皇兄。

他不求将功折罪,只求父皇不要不见他。

鲜血大片大片浸湿他的衣衫。

原来是一出自导自演的苦肉计。

皇帝叹息,眼中唯有心疼。

"当年你年纪尚小,难免受奸人蛊惑。

"若真心悔过,便好。"

萧哲谢恩,模样感激涕零,乖巧极了。

只有我看见,他起身时朝着我的方向弯起唇角,虎牙尖尖,如同兽类展示利齿。

我看清了那双病态的眼睛。

也看懂了他的唇语。

——神女姐姐，别来无恙？

身边的萧祈却不动声色地挡住了他的目光。

我抬眼，正对上萧祈控诉的眼神。

"？"

我有点摸不着头脑。

萧祈冷静道："今晚，你一进来就盯着他。"

我茫然："是啊。"

萧祈的脸色变了变。

他沉着脸，朝萧哲冷冷道：

"神女忙碌，平日不见闲人。

"你若想要叙旧，不妨来找孤。"

萧哲笑容甜腻。

"如此甚好。"

30

萧哲和段长风的关系，并没有我想得那么简单。

他们之间，或许达成了什么交易。

萧哲如今无权无势，段长风到底看中了他什么，愿意助他一臂之力，和他结盟？

今日是秋猎的最后一日。

出乎意料的平静。

眼下，萧祈追着野狐进了山林。

他自第一日进山就心心念念，要猎一块柔软的皮毛做披风。

身边的侍卫越来越少。

我抿了抿唇，策马追了上去。

就在进林的那一刻，变故陡生。

一支淬着寒光的箭，冷不丁从暗处射来。

萧祈回身，冷箭擦肩而过。

我刚松一口气，却见萧祈瞳孔紧缩。

"阿苓！"

数十支冷箭齐齐射向我。

原来先前一箭，只是虚张声势。

这次是冲着我来的。

树叶沙沙作响，我看清了无数隐匿在树丛中的黑衣杀手。

我咬牙："殿下，走！"

萧祈不语，抬手又是三箭。

埋伏在我身后的黑衣人哀叫倒地。

信号弹自空中炸响。

混乱中，我和萧祈失散。

见这些杀手都是冲着我来的，我便往林子深处钻。

地形复杂，说不定还有一线生机。

却看见前方，是断裂的悬崖。

那儿有个熟悉的人影。

段长风刚将一只野獾收进马后的侧袋中。

身后追兵已至。

我掉转马头，看向愕然回眸的段长风。

他面色惊恐。

"你要干什——呃！"

我索性将悬崖边的段长风一起撞了下去。

急速下落的过程中，我死死揪住他的衣襟，压在他身上，确保先砸在地上的人，是他。

段长风气急败坏地掰我的手。

"你疯了！"

我狠狠咬在他手背上，他痛得松手。

我想，若今日命丧于此，带走一个是一个。不亏。

断崖下，树木枝丫横生。

好消息：我没摔死。

坏消息：段长风也没摔死。

这是我们被困在谷底的第三天。

段长风鼻青脸肿地坐在山洞的角落。

他被细小的树杈划伤了脸。

察觉到我在看他，他警惕抬眸。

"你又想干什么？"

昨晚趁他熟睡，我用衣服死死捂住他的口鼻。

可惜我失败了。他挣扎的力道太大，把我掀翻了出去。

于是今天早上，他就一直这样看着我。

我冷笑："你晚上最好睁着眼睛睡觉。"

我摸了摸脖颈，上面还有瘀青。

那是前天，他试图掐死我留下的痕迹。

但他也没成功。

我的袖中还藏着一根簪子，狠狠扎进了他的后脖颈，逼迫他松了手。

这些天，我和他一直在试图杀掉对方。

我没能得手，他也没能得逞。

段长风烦躁挠头。

"我说了，这次的刺客，与我无关！

"是萧哲那小子按捺不住了，要对你下手！"

他的神情不似作伪。

我漫不经心问："那你到底看中了萧哲什么，要和他结盟？"

"因为他好操控啊。"

段长风意味不明地笑了。

"一个没有权势的皇子，除了依附我，还能做什么？"

那一瞬间，我确信看见了这人的野心。

段家功高震主，怎么甘心只为人臣？

他要扶持傀儡皇帝。

可是萧哲，并没有那么好控制。

上辈子，萧哲上位成功后暗中分化武将。

等段长风回过神时，手上的兵权已经所剩无几，只得仓皇逃回北疆。

前世殿下的复仇之路，第一步，就是找势力最单薄的段长风算账。

拿他的血祭旗。

我面上不显，只道：

"那小侯爷可要当心，傀儡噬主。"

段长风轻蔑道："就凭他？"

段长风未免太过自信了。

我装作不经意地提醒他：

"这次他找来的刺客，你果真不知情？"

萧哲这次，确实是太鲁莽了。

即使他再恨我，也不该在这个时候明目张胆地杀我。

段长风最不能容忍的，就是擅作主张。

看来冷宫几年，把萧哲关疯了。

眼前人面色阴沉下来。

我想，成了。

怀疑的种子一旦种下，长成参天大树，指日可待。

我要他们离心。

然后，分而破之。

断崖下的这片林子，终年大雾弥漫。

我找了好几次路，最后兜兜转转，又回到了山洞前。

这是被困在谷底的第七天。

"别费力气了。"

段长风掀起眼皮。

"你若这么想找死，不如让我掐死你，以泄我心头愤恨。"

他身上最后一枚求救的信号弹，在刚刚用完了，搜救的人却连个影子都没有。

他现在心情很坏。

我冷笑："在我眼里，你和萧哲是一伙的。

"萧哲害我，就是你害我。

"至于我报复哪个，都是一样的。"

段长风气急败坏。

"你这个女人，怎么这般不讲道理？！"

我怒极反笑。

"有本事，你把萧哲杀了，我就放过你。"

段长风像是在认真考虑这个提议。

"当真？"

我的神情要多无辜有多无辜。

"自然。"

自然是假的。

他们两个，我是一定要除掉的。

只是早晚的问题。

不知不觉间，夜幕降临。

这几日损心劳神，思虑过度，我竟发起了高热。

梦中，仍是当年春风楼的日子。

那天，我已经知道了凤翎的真实身份。

昔日天之骄子，一朝沦落尘泥。

我惊痛又茫然。

殿下平静垂眼，神色隐没在天光里。

他说，待在他身边很危险，恨他的人很多，或许我哪天就会丧命。

若我现在离去，他不怪我。

当时的我，是怎么说的呢？

我说，愿为殿下鞍前马后，至死不渝。

后来，我拿着殿下的亲笔信四处奔走，联络曾经的旧部。

有一日，我联系上了东宫曾经的暗卫首领。

他也在寻找殿下。

大家蛰伏在暗处，只待殿下归来。

我兴冲冲地回去，想要把这个天大的好消息告诉殿下。

然后我发现，殿下房间的门没有关。

浓重的熏香里，一点血腥气钻进我的鼻子。

我闯了进去，却在最后一道屏风前，顿住了脚步。

我看见了上面映照出的人影。

有个男人将殿下压在了身下。

殿下手中握着一根金簪，正死死扎进那人的后脖颈。

一下、两下。

血溅落在锦屏上，男人死得不能再死。

"阿岑。"

可是殿下的影子在颤抖。

他的声音近乎乞求。

他说："不要看。"

很多年后，殿下自刎的雪夜，久违地，我又在殿下的脸上，看到了那样的神情。

"云岑，我好脏。

"……不要看。"

梦中，我的心像被一只大手揉成一团，痛得几乎不能呼吸。

……不对。

求生的本能让我猛然睁眼，正对上段长风冷漠的眼睛。

他死死掐住我的脖颈，竟故技重施，还想杀我。

段长风笑起来。

"我想了一宿，决定还是先杀了你，再去收拾萧哲。

"你身上的变数太多了，我实在不放心。"

颈间的手越收越紧，我脸色青白，挣扎的动作越来越弱。

瞳孔努力聚焦，我终于看清了——

段长风身后，有个黑影朝他直扑而来。

一声长长的狼啸响起。

34

段长风背后受击，被迫松开了我的脖颈。

他死死盯着来人，既惊且怒。

"你是谁？！"

那人没有回答，径直走到了我面前，操着一口奇怪的腔调，生硬地问：

"活着……吗？"

我呛咳着，眼前一点点清晰起来。

那是个颇为野性的少年。

他赤裸着上身，只在小腹处围了一块动物的皮毛，长而卷的黑发披散，几乎到了脚踝。

而且……

这个少年，有着一双野兽似的、琥珀色的眼睛。

如此陌生，如此熟悉。

我震惊道："阿朔？！"

尽管他这样潦草，我还是认出来了。

面前这人，是前世东宫的暗卫首领，我曾经的同僚。

不过，他现在为什么不穿衣服啊？！

段长风惊疑不定。

"你认识他？"

前世认识，也算认识。

来都来了，不妨试试。

我顿时恶向胆边生，指着角落里警惕的段长风。

"阿朔，上！

"弄死他！"

少年困惑地歪了歪脑袋，费力地理解我的话。

见阿朔好像不能明白我的意思，我指着段长风，龇牙咧嘴。

"咬死他！"

阿朔恍然大悟，龇着牙扑了上去。

段长风骂了句脏话。

他闪身退避，差点被扑个正着。

见两人打得不分上下，我搬起一块石头，跟跄着上去帮忙。

阿朔的耳尖忽然一动。

下一刻，由远及近，有马蹄声响起，是朝着这个山洞来的。

而且，人数不少。

我想起白天段长风放出的那枚信号弹，心道不好。

今夜找来的，恐怕是他的下属。

"阿朔，快走！"

不等我再解释，阿朔心领神会，利索地退出战局，将我扛上肩就跑。

我看着视野里颠倒的段长风变得越来越小。

我："……"

段长风见阿朔跑得这样快，咬牙狠笑。

"你给我等着！"

我不置可否，狠狠剜他一眼。

你也给我等着！

七拐八拐，阿朔把我带进了另一个山洞。

石台上，躺着两具枯瘦的狼尸。

我曾听过一个传说，母狼叼走被遗弃的婴儿，当作狼崽抚养。

婴儿长大后，习性与狼相像，不通人语。

世人称其为"狼孩"。

我的目光落在角落里扒拉东西的阿朔身上。

原来前世打架凶狠却沉默寡言的冰块脸同僚，是这个来头。

也不知道殿下是怎么把他捡回来的。

阿朔在枯草中翻找了半天，终于找到了他想要的东西，郑重地交到了我手里。

那是一个旧旧的锦囊。

看绣工，差得和我不相上下。

看布料，倒还不错，有些像东宫今年新进的样式。

我打开锦囊抖了抖。

里面装着些干枯的草药。

"这是什么？"

阿朔指了指我，又磕磕巴巴开口："报，恩。"

我想，这个香囊，或许与东宫有关。

他在我身上闻到了相似的味道，所以跟着我？

我拼拼凑凑，得出一个模糊的结论。

——东宫曾有人救了阿朔，并留下这个香囊。我常年进出东宫，沾染了相似的味道。阿朔发觉了，要跟着我回东宫报恩。

沉思间，阿朔已经组织出了一句完整的话。

"名字。"他说，"我……跟着你。"

这个时候，他竟还没有名字吗？

在我愣怔的间隙，阿朔唇齿间，已经含混模仿出那两个音节。

"阿，朔？"

我望着他，怔然点头。

"对，阿朔。"

阿朔还在盯我，想知道为什么我会叫他这个名字。

我灵机一动。

"因为今日是朔日。"

前世，阿朔是殿下捡回来的。

这个名字自然也是殿下取的。

我不知道是什么含义，只好生搬硬套。

阿朔不知我所想。

他蹲在我面前，把这个名字囫囵念了几遍。

"阿朔。"我轻声道。

"我是云芩，你愿意和我回东宫，一起保护殿下吗？"

就像前世那样，我们一起追随殿下。

当他的盾，也当他手中最利的刃。

35

方才找来的，果然是段长风的人。

他今夜被阿朔乱七八糟地揍了一顿，虽未伤及性命，却让他十分丢脸。

他刚和来寻他的下属会合，就声势浩大地搜寻我们的行踪。

我和阿朔躲了一夜。

直到天亮，段长风的人马才骂骂咧咧地散去。

这个夜晚太过惊险。

一夜过去，我烧得更厉害了。

见阿朔守在洞口，我昏昏沉沉地睡了过去。

我是被掌心潮湿的触感惊醒的。

我一抬眼，阿朔跪坐在我面前，在舔我的手心。

那儿有一道深可见骨的伤痕，是我和段长风打斗时留下的。

最近这些天燥热，伤口总是愈合不了。

"阿朔！"我惊道，"你在干什——"

下一刻，我看见他"哇"地吐出一堆绿绿、湿湿的草渣。

他将草渣在我的掌心抚平。

原来是在上药。

我一言难尽地闭了闭眼，想要抽回我的手。

"伤……"

阿朔执着地看着我："会死。"

他埋首，接着吭哧吭哧上药。

我生无可恋地想。

在狼群里长大的孩子，果然会承袭狼的习性……

上辈子，殿下到底是怎么把他教成那个小古板性子的啊？

36

夜里，我又发起了高热。

反反复复，我梦见从前的殿下。

苍白的，清瘦的，病骨支离，颠沛流离。

昏昏沉沉间，我又听见脚步声。

阿朔今夜急得窜来窜去。

最后他还是一步一回头地找草去了。

想必，是他回来了。

我睁眼，怀疑自己出现了幻觉。

不然，我怎么会看见小殿下？

他满脸担忧地看着我，丝毫不是梦中苍白病弱的模样。

他头发上沾了草叶，看上去有些疲惫，却红衣灼灼，怎么也遮不住年少鲜活的模样。

曾经春风楼的老鸨也爱给凤翎穿红衣，轻纱似的，浮华又颓靡。

只是那红衣粗制滥造，蹭得他皮肤上都是过敏的血点。

我的眼泪忽然就掉下来了。

是这样的。

小殿下就该是眼前这个模样。

小殿下就该穿这样华贵柔软的红衣。

见我流泪，面前的小殿下有几分慌张。

"阿岑！"

他无措地替我擦眼泪。

我想，苍天垂怜，这个梦太真了。

"小殿下。"

我轻声道："我可以……抱你一下吗？"

话一出口，我就自嘲地笑了笑。

果然在梦中，我才敢提这么逾矩的要求。

小殿下怔了怔。

不等他回答，我抬手，很轻地环住了他。

珍而重之，不敢用力。

我想，既然是梦，那就让我放纵一回吧。

第五章

马球

"可我看他的眼神，不清白。"

37

秋猎回来后，南诏又献上了一绝色美人，哄得皇帝心猿意马，夜夜流连忘返。

短短半月，美人就升到了嫔位，封号"珍"。

我暗中派人调查珍嫔的底细，发现她是容贵人从前的闺中好友。

她进宫，恐怕也是为这个故人之子而来。

先有段长风与萧哲交好，后有珍嫔宠冠六宫。

皇后嗅到了一丝不对劲，催促殿下迎娶太子妃，获得盟友和助力。

这日，我被召到了凤仪宫。

刚一进殿，就见皇后敛身，向我行了一个大礼。

我惊愕地扶起她。

"娘娘这是——"

皇后打断我的话。

"这些年来，神女容颜依旧，本宫眼角却有细纹了。"

我不明白她的意思。

皇后轻声道：

"神女大恩，本宫未有一日敢忘。

"只是凡人寿短，须臾百年。

"还请神女，放过他。"

话中的"他"是谁，不用多说。

脑中一片空白，我连呼吸都忘了。

我想，皇后看出我对殿下的私心了。

我看殿下的眼神，并不清白。

我忽然觉得羞愧。

我瞥开眼，不敢看皇后。

"好。"

我落荒而逃，却在宫门处撞见了拜见皇后的秦绾。

她满脸担忧。

"神女的脸怎么白成这样。

"莫不是，被皇后娘娘斥责了？"

我冷淡抬眉："秦姑娘，慎言。

"妄议皇后，当心皇上治你的罪。"

"你！"秦绾恼怒地跺脚。

"你居然威胁我，我要告诉皇后娘娘！"

我心不在焉，做了个"请便"的手势。

"借过。"

38

摘星阁前，我远远看见那道探头探脑的身影。

我脚步一顿，不动声色地转身。

"不许走！"

殿下三步并作两步追上来。

如同幼时那样，他扯着我的袖摆，像只被抛弃的小兽，委屈极了。

"为什么躲我？"

我垂眼，只是轻声道：

"殿下逾矩了。"

趁他愣怔，我从他手中，一点点拽回了衣袖。

福了福身，我转身要走。

"阿苓！"

我狠狠心，装作没听见。

却又听见他委屈巴巴问：

"阿苓，我的香囊呢？"

秋猎回来后，我才知道那夜殿下真的来了。

想起那夜失礼的举动，我做好了殿下生气或是疏远的准备。

可没想到，他对我越发亲近。

也不知为何，缠了我几日，非要我给他做一个香囊。

殿下要的东西，自然要最好的。

我在东宫府库里挑了时兴的锦缎，又向绣娘学了针法。

通了几个宵，堪堪做好，就被皇后叫去了。

所以它一直藏在我袖中，没能送出手。

我瞥开眼，声音发紧。

"对不起，我忘了。"

身后，传来少年人不甘心的追问：

"那你还记得，今夜花灯游，你答应了要陪孤一起去吗？"

我脚步不停，没有回头。

"对不起。"

39

我骗了殿下。

我还是要去花灯夜游，只是不能和他一起。

只因今日，是前世殿下的忌日。

殿下生在锦绣堆，少年时鲜衣怒马，好华灯烟火，极爱繁华。

这样一个人，偏偏死在寒冷的雪夜。

所以我想，为他挑一盏最好的花灯。

我确实看见了这样的一盏灯。

纸上绘以凤凰纹样，外层夹着细纱，柔和又朦胧。

灯被挂在东市最高的阁楼上，如同坠在夜色中的明珠。

"姑娘，挂在阁楼上的灯都不卖。"

店家见我摸出钱袋，笑眯眯地制止。

他指了指远处人头攒动的高阁。

"上阁比试，赢的人可以带走花灯。"

我登上阁楼，松了口气。

众人比的是箭术。

身后，蓦然传来一个娇俏女声。

"神女阁下，也来逛这灯会呀？"

秦绾一身藕粉襦裙，怀里抱着个兔子灯。

循着我的目光，她也看见那盏凤凰花灯，忽然轻慢地笑了一声。

"看来神女，真的很喜欢凤凰。"

她从袖中摸出方帕子，在我面前抖开。

我怔住了。

那正是我从前送给殿下的帕子。

上面绣着那只拙劣的、被错认成公鸡的凤凰。

"当时在猎场，我还疑惑。

"殿下的东西向来是最好的，怎么会有这样粗制滥造的帕子？

"现在想来，是神女绣的吧？"

我蹙眉："怎么会在你手上？"

秦绾笑道："自然是殿下所赠。

"我将来要做太子妃，夫妻一体，殿下的东西，哪样不是随我挑？"

她笑眯眯地警告：

"倒是神女，虽是尘外之人，也该知晓男女大防。

"殿下成婚后，你可就不能再随意出入东宫了。"

身后，忽然响起一道冷冷的声音。

"孤怎么不知道，什么时候送过你帕子？"

秦绾愕然回头。

殿下眸色深寒，他哂笑。

"秦姑娘未免太迫不及待了些。

"现在就想插手东宫的事，孤同意了吗？"

秦绾的脸色青了又白。

一眨眼，她眼底蓄泪，将落不落。

她变脸的速度堪比杂技班子。

"太子哥哥，我，我不是这个意思……"

她转移话题，搬出皇后压人。

"今夜，是皇后娘娘让我来找你的。"

那厢，比试已经叫到了我。

我起身拿弓。

秦绾小声控诉：

"殿下，绾绾也想要那个花灯。

"殿下赢回来给我，我就不告诉娘娘你今晚丢下我的事，好不好？"

殿下没说话。

他拿起另一张弓，走到了我身侧。

我瞥他一眼。

心头堵堵的。

"殿下要和我抢灯吗？"

"不是。"他认真地摇了摇头。

脸庞半笼在灯影里，如暖玉生辉，比天边月还皎洁几分。

少年人藏不住心事，情意从眼睛里跑出来，变成碎星。

殿下道：

"你喜欢那盏鲤鱼灯吗，我赢回来给你？"

40

今夜的风分列两旁，为我让路。

我抱着自己赢回来的凤凰灯，逃似的飞奔。

我不敢细想殿下的那个眼神。

有一根迟钝的弦被拨动。

我心如擂鼓，忽然生出一个不可思议的妄念。

——殿下会不会，也喜欢我？

一念既出，我惊得咬破了舌尖。

血腥味在口腔里蔓延。

我与殿下云泥之别。

我……岂敢……

我在护城河边坐下。

凤凰花灯随水而去，飘飘摇摇。

这盏灯很漂亮，不知道前世的殿下能收到吗？

也不知道殿下会喜欢吗？

我眼眶发酸。

殿下。我在心中悄悄道。

我会保护好小殿下，让他喜乐无忧，一生顺遂。

我发誓。

再睁眼，我被水上的情形一惊。

那盏凤凰灯后，不知何时多了一盏胖胖的鲤鱼灯。

后面跟着一串鸭子灯、兔子灯、蚌壳灯、鸟灯。

挨挨挤挤，好不热闹。

我惊异地睁大了眼睛。

少年人气喘吁吁，用袖摆抹了抹汗。

他眼神明亮，满脸无辜。

"不知道你喜欢什么灯，我就都赢回来了。"

殿下拨了拨水，放下最后一盏莲花灯，不等我开口，抢白道：

"阿苓，别赶我走。

"我只是……看见你一个人坐在这里放灯，忽然很难过。"

他歪了歪脑袋，借着月光打量我脸上的神情。

"你能不能告诉我，你要把这盏灯给谁？"

我垂眸，轻声道："一个故人。"

一个比命还重要的故人。

殿下沉默下来。

半晌，他忽然开口，像是解释。

"孤会和母后说清楚，孤心有所属，不会娶秦绾。

"阿苓，孤只问你一句。"

殿下望进我的眼睛，声音很轻。

"你对孤，可有半点喜欢？"

他问得轻描淡写。

我却看见他藏在袖中的手攥得死紧。

他眼中的光亮得吓人。

仿佛我只要点一下头，他就能交付后背，为我对抗皇后，对抗天下。

可是殿下，我不需要你为我对抗任何人。

我只想看你一生顺遂。

"殿下。"

我听见自己的声音，响在夜风里，没什么情绪。

"天色晚了，秦姑娘还在等你。"

对上殿下不可置信的目光，我强撑着笑。

你该命途坦荡，走的路永远宽敞。

你不该为我停留的。

快回去吧，殿下。

…………

阿朔在摘星阁找到我的时候，我喝得酩酊大醉。

看不出来，妙法表面上一本正经，私下却藏了不少好酒。

他来不及喝，到头来便宜了我。

天旋地转。

阿朔蹙着眉将我从地上拎起来。

"冷。"

我有好长时间没看见阿朔了。

他一回来就自请去暗卫营训练。

问他原因，少年人闷声闷气，只说和禁军统领打架输了。

他十几年来打遍山林无敌手，一朝落败，简直是奇耻大辱。

我迷迷糊糊掀开眼皮。

从前的野狼少年，现在穿了衣服，收拾得干干净净。

黑色劲装勾勒出他的宽肩长腿。

听说他迷倒了不少小宫女。

我被阿朔拽到了高台上。

仰头，明月当空。

我却想起殿下灯影下的侧颜。

——你对孤，可有半点喜欢？

"喜欢……"

我睁着眼睛，喃喃自语。

阿朔正四处给我找被子。

他没听清，鼻腔里发出一个疑惑的音节。

"唔？"

我忽然就泪如雨下。

"……喜欢，月亮。"

41

殿下再没来过摘星阁。

从前是我躲着他，现在角色调换，变成了他躲我。

宫中，渐渐传出神女和殿下不和的传言。

有日东宫悬灯结彩，我才知道，皇后找大相国寺的高僧合了庚帖。

殿下就快要娶太子妃了。

深夜里，我从摘星阁最高的地方望去，总能看见东宫亮着一点微末的灯火。

殿下的身影就在灯烛下。

近在眼前，远在天涯。

再半月过去，在一个寒意料峭的春日，南诏使团进京。

我在宫门处，碰见了萧哲。

他刚与一个使臣交谈完，眼睛一转，目光就落在了我身上。

这人假惺惺道：

"听闻秋猎的时候神女追逐一只野兔，不小心坠崖了。

"真是不小心哪。"

我看了眼远处有些紧张的南诏使臣，轻笑一声。

"二殿下与异国使臣勾连，传出去也不好听吧？"

萧哲笑起来。

"父皇已命我为此次的礼官，与鸿胪寺一同负责使团事宜。

"公事公办，怎么能叫勾连呢？"

他似笑非笑地看着我。

总让我觉得，他藏着坏心。

…………

此次南诏使团中，有许多年轻气盛的少年人。

看过马球赛，少年人便嚷嚷着也要比一场。

上京城精通马球的纨绔子弟数不胜数。

朝堂上，萧哲独独向皇帝举荐殿下应战。

马球场上能动的手脚极多。

每年因为意外堕马的、摔断手的、打断腿的人数不胜数，非死即残。

"陛下，不可！"

我猛然出声。

"千金之子，坐不垂堂。太子殿下——"

却有一道玄色身影越过我。

"儿臣愿为父皇分忧。"

手腕处忽然传来尖锐的灼烧感。

我看向跪在身侧的殿下，头脑发蒙。

段长风的目光在我们之间转了一圈。

然后，他也主动请命。

"末将亦愿为陛下分忧。"

42

我知道腕上的灼痛来源何处了。

那颗朱砂痣，又变浅了。

不祥的预感，在马球赛那日达到了顶峰。

在那日之前，我安排了很多暗卫，预想了殿下被害的各种方式，我要怎么阻止、又该怎么保护他。

所有的预案，在我踏出摘星阁的那一刻，都变成了无用功。

腕上的朱砂痣烫得吓人。

下一刻，天旋地转。

我狼狈地摔进了雪地里，惊动了打瞌睡的小侍卫。

"什么人？！"

冰冷的矛尖横在我颈侧。

我怔然抬眼，小侍卫吓了一跳。

"云苓姑姑？！"

……久违的称呼。

我环视一圈，目光顿住。

这是前世，殿下自刎的地方。

我回来了。

一念刚起，我疯了似的往未央殿跑。

小侍卫惊恐道："云苓姑姑，您不能进去——"

晚了。

殿门开合，惊起尘埃。

九十九盏长明灯静静燃烧，将幽暗大殿照得如同白昼。

那张殿下登基后的画像被高高供在香案后。

我呆呆仰头，和画中人对视着。

他漠然、苍白，眼中无悲亦无喜。

我的眼泪又掉了下来。

"云苓姑姑？"

身后，传来少年人愕然的声音。

闻讯赶来的新帝正担忧地望着我。

他是殿下亲自挑选的宗室子。

我木然道："这张像选得不好。

"先帝太子时的画像呢？"

新帝一愣。

他看着我满面泪痕，几近疯魔的样子，不忍道："先帝尚在潜邸时，曾被废黜，旧物被尽数焚毁。

"这是……先帝唯一留下的画像。"

我又问："先帝葬在何处？"

新帝沉默下来。

我看向他身后的大太监。

"你说！"

大太监咬牙："先帝遗旨，死后将他烧成飞灰，撒入江河。

"唯愿形神俱灭，生生世世，不再为人。"

轰隆。

如同一道惊雷在脑中炸响。

我捂着心口，"哇"地呕出一口血来。

泪如雨下。

我好疼，却哭不出声音。

我跪伏在地上，浑身都在抽搐。

我意识到，我爱的那个人，在未来的时空里，已经真真切切地灰飞烟灭了。

他不眷恋此生此世。

他更不会收到那夜我赢回的凤凰花灯。

我蜷了蜷手指。抓得住什么呢？

只抓得到长明灯张牙舞爪的黑影。

新帝不忍再看，轻声叹息。

"姑姑，节哀罢。"

烛火在我眼中摇曳，越来越亮。

我眼前发白，却在一个瞬间，耳边响起稚子清澈的嗓音。

"云，岑？

"神女，你为什么叫这个名字呀？"

小殿下。我想，还有小殿下。

小殿下还需要我。

可是，我怎样才能回去？

我踉跄着起身，跌跌撞撞，想要回到那片雪地，却在下一刻，失去了意识。

43

我在从前的时光里过了八年。

光阴轮转，在此间，亦是八年流逝。

官人们窃窃议论，说七年前消失的云苓姑姑回来了。

所以我醒来的第一个念头就是——

时间的流速是一样的。

来不及了。

我得快一点回去。

回到马球场。

回到殿下身边。

我去了大相国寺，却得知胖和尚圆寂的消息。

一个癞头僧站在了我面前。

他是胖和尚的徒弟，妙法的徒孙。

只一眼，他就长长念了声佛号。

"施主身上，还有因果未了。

"这是宫中贵人带来的，今春最后一朵照殿红。

"赠予施主，了却因果。"

什么因果不因果！

我急道："我要回去！

"回到昭宁二十年，你可有办法？"

癞头僧将我浑身上下，细细瞧了个遍，忽而拍手笑道：

"有趣，当真是有趣！

"施主身上的因果若环，环环相扣，却不知何处是头啊！"

我愣住。

"什么意思？"

癞头僧不答，只笑。

"施主曾与我的师祖有过因缘。

"今日，贫僧便送施主一程！"

他一拍我肩头，我眼前又是一阵颠倒。

我摔回了摘星阁。

"神女，神女大人！"

宫女慌张的脸在眼前清晰起来。

我忍着晕眩，抓住宫女的手。

"现在是什么时候？马球赛结束了吗？太子殿下可还安好？"

宫女茫然，不明白我为什么这样慌乱。

"马球赛已经结束了，殿下夺得魁首。"

她拧着眉，费力地想了想。

"并未听说殿下受伤。"

我松了口气，心中忽然冒出一个念头。

殿下以后，或许不需要我的保护了。

我的小殿下，在不知不觉间长成可以独当一面的大人了。

我很早之前许诺，我会保护殿下，直到他不需要的那天。

我没有想到，这一天来得这样早，早得令我欣慰又茫然。

腕上又传来灼痛，眼前的景物又开始摇晃。

我咬紧了舌根，血腥味让我清醒过来。

我垂眸，那颗朱砂痣又浅了。

它在提醒我——没有时间了。

可是，前世的仇敌还没有解决掉。

我深吸一口气，逼迫自己冷静下来。

有个人影在我脑中变得清晰。

宫女惊喜道："神女大人，是要去找太子殿下吗？"

"不是。"我摇头否认。

我要找的，是另一个人。

第六章

复仇

"血海深仇，未有一日敢忘。"

44

这段时间，宫中风言风语，说太子殿下和神女离心。

段长风显然听了不少。

他在宫门处堵了我好几次，每次说的话，都大差不差。

"殿下要娶太子妃，我却还缺一位侯夫人。

"别这么着急拒绝。殿下有了国公府的助力，哪里还需要神女呢？

"良禽择木而栖。你若想明白了，可以随时来找我。

"我很欣赏你。我们会是彼此，绝佳的盟友。"

他看起来深情款款，仿佛几个月前在崖底，三番五次要杀我的不是他。

我每次都言简意赅让他滚。

不过现在，我没有时间了。

我只能速战速决。

于是这次，变成我在宫门口堵段长风。

见到我，他眉尖微挑。

不待他阴阳怪气，我快速道：

"我答应你。"

段长风摸着我的脖颈，笑起来。

那里曾有他想掐死我时留下的瘀青。

"识时务者为俊杰。

"早知如此，你之前何必和我斗得死去活来？"

殿下来时，看见的就是这一幕。

"云苓！"

我心中一跳，躲开段长风的手，心虚地瞥开眼。

"……殿下。"

玄色的衣摆垂落在我面前。

殿下今天穿的是箭袖骑装，英姿飒爽。

我心乱如麻地想着，便听殿下问：

"你今日，为什么不来看孤的马球赛？"

我默了默，低声道：

"可是没有我，殿下也能做得很好。"

我从来都知道的。

他是翱翔天际的凤凰，而非我豢养的黄雀。

终有一日，他要脱离我的庇护，飞到更广阔的天地去。

未等殿下再开口，段长风将我揽到了身后。

"阿苓是我的未婚妻，还请殿下不要逾矩。"

45

段长风常召我去侯府，有时是议事，有时是闲聊，美其名曰亲近盟友，实则套话和窥探。

宫中有关我的传说众多，他对我这个神女的身份好奇极了。

自从秋猎回来，他就一直暗中打听。

我面上不显，滴水不漏地应付着。

和他结盟的好处，很快就显露出来。

这日，我正在他书房里找一本古籍，外间忽然响起脚步声。

不止一人。

我下意识藏在锦屏后。

待到段长风和那人开始交谈，我才发现，那个人是萧哲。

他是来和段长风商议谋反之事的。

他说，皇帝被珍妃悄悄下了毒，身体损耗得所剩无几。

南诏已经秘密反了。

真正的镇南将军早就死了，现在活着的是他们的冒牌货。

此次进京的使团，仆从皆是死士所扮，可以一敌百。

城外，还秘密驻扎着一支精兵。

他希望段长风和他里应外合，届时打开城门，放人进来。

另外，段家有半块虎符，他也想要得到这个助力。

他许诺等他坐上皇位，便与段长风共分天下。

段长风一一应允。

直到萧哲走了，段长风才懒懒出声。

"出来。"

我心中咯噔一下，装作若无其事地从锦屏后钻了出来。

"我是来找书的。"

我晃了晃手中的古籍，表示自己不是故意偷听。

段长风好整以暇地望着我。

"你不会真觉得，我会跟着这个蠢货反吧？"

他嗤笑："他自己找死，还想拉上我？

"愚不可及。"

我假笑奉承："小侯爷英明。"

下一刻，我的肩头传来一道巨力。

后腰狠狠撞到桌角，我闷哼出声。

"你——"

"神女。"

狭小的空间里，段长风倾身，将我牢牢压制住。

"结盟一事，我已经让你看到了我的诚意。

"那神女的呢？"

他的手按在我的腰带上，话中是明晃晃的威胁和不满。

"神女的秘密这样多，却好似什么都不愿说啊。"

我咬牙："慢着！"

段长风一双眼睛似笑非笑看来。

"神女莫不是想要空手套白狼？"

我镇定抬眼，一本正经地胡说八道：

"小侯爷急什么？待你我结成夫妻，你便可以同享我的寿数。

"神女之寿，长生无尽。你若不信，尽管在宫中找个人问问，近十年里，我的容颜是否依旧如初，一丝未改。

"这样的诚意，可够？"

段长风吞了口唾沫，心神隐隐动摇。

上钩了。

我接着胡诌。

"但在那之前，我必须焚香祭告上天。"

我打量着他的神情。

忍着恶心，我慢慢握住腰间的手。

"若真能长生无尽，永享权势，又何必急于这一时之欢？

"你说是吗，小侯爷？"

46

官中很快传来皇帝病重的消息。

段长风收到暗号，如约打开城门，放人入城。

萧哲带着兵马，顺利杀入了宫城。

一切异常顺利。

直到宫门在其后关上，萧哲听见动静，意识到不对，但为时已晚。

乌泱泱的大军将他们包围住。

段长风看见对面领兵而来的殿下，转眸看我，忽然笑了。

"你给他传的消息？"

我摇头。

"不是我。

"这样大的动静，岂能瞒过殿下的眼睛？"

段长风"哦"了声。

"若教我发现你吃里爬外……

"我绝不饶你。"

殿下一双眼睛淡淡扫过来。

"段小侯爷，现在可不是抢功劳的时候。"

他冷冷道："眼下，平叛才是正事。"

手指蜷了蜷，我瞥开眼。

这支叛军，来不及掀起浪，就已经被尽数绞杀。

我是在冷宫抓到窜逃的萧哲的。

这座荒宫几乎困了他整个少年时。

他走投无路时，却选择回到这里。

"你以为我找不到你吗？"

我拎着长剑，打量着灰头土脸的萧哲。

他捂着腹部的血窟窿，眼神饱含怨毒。

"你就这样恨我？"

我用剑尖，抬起他的下巴。

"你还记得，七年前，我对你说过的话吗？

"若你不愿苟活，杀你，也无不可。

"我这个人，向来守约。"

萧哲的血要流干了。

他大笑起来，眸色癫狂。

"我只是不甘心！

"文韬武略，我哪一点比萧祈差？

"但父皇不会让一个蛮女的儿子继位！"

说到激动处，他靠在几块长草的砖石上，不停咳嗽。

"所以一开始，我就没有了争位的资格。

"哪怕我做得再好，哪怕太傅再怎么夸奖我，父皇都不会多看我一眼！

"可是我苦求不得的东西，凭什么萧祈生来就有？

"你说，我不该恨他吗？"

我歪了歪头。

"你的怨恨，与我何干？"

谁负了你，你大可杀了谁。

只是殿下，从未辜负过你一丝一毫。

你千不该万不该，不该践踏别人的真心。

我冷冷道："还有，你也没你自以为的那么聪明。

"就看这次的谋反，水平太过低劣，也别说你文韬武略哪一点比殿下差了。

"你敢说，我都不好意思听。

"你确实是骄狂自傲，一无是处。"

萧哲被气得哇哇呕血。

"你？！"

雪亮的剑光没入他的咽喉。

早该结束了。

47

叛乱平息，皇帝一病不起。

宫中要办一场法事祈福，命我择良辰吉日，操办此次祈福大典。

这些日子，我腕上的朱砂痣浅得快要看不见了。

我总是心神恍惚，总觉得下一刻要被送回未来。

没有时间了。

· 83 ·

有个声音一遍遍地在我心中提醒，云苓，没有时间了。

这夜，我在高台观云，望着天色，忽而有一个计划在脑中成形。

翌日，我去了侯府。

段长风听闻我的来意，有些不可置信。

"你是说，祈福大典那日，要我在祭台上舞剑？"

我面不改色地点头。

"一则，陛下病重，是因邪气入体，小侯爷英武，必能驱散邪祟，护佑龙体。

"二则，小侯爷可还记得我先前说的话？你我既要结为夫妻，共享长生，自然要先祭告天地神灵。"

段长风被我哄得心花怒放，应允下来。

他答应得这样痛快，我自然要报答些什么。

他的剑在平叛时折了，所以我准备送他一把好剑，让他在祭台起舞时用上。

举办大典的日子，却迟迟定不下来。

皇帝身边的大太监来催了几次。

每次，我都神神道道地劝回。

挑的地点在京郊朝歌山。

我夜夜观测天象，为的就是再挑个良辰吉日。

祭台、供品、吉服，全都准备好了。

万事俱备，只等一个我口中的吉日。

终于，我在一个傍晚，派人给养心殿送信。

——就是明日。

我揉了揉酸胀的眼睛，走下摘星阁时，却捡到了醉醺醺的殿下。

他听见动静，一头扎进了我怀里。

"不许走！"

看来他在此守株待兔多时了。

我听话地停下了脚步，就听见他委屈巴巴道：

"今日，是孤的生辰。

"孤在摘星阁下等了你好久。

"你没有来。"

我愕然。

这些日子忙于观测天象，我竟然忘记了他的生辰。

在我开口之前，殿下闷声打断。

"孤不要听'对不起'。"

两厢无言。

这是殿下的十七岁生辰。

前世，他会在这一年跌落谷底，被背叛、被废黜、被践踏。

但如今不会，今生不会，往后都不会。

怀中的殿下像是醉晕过去了。

我悄悄召来宫女，正要将殿下送回去，却听他悄声道：

"阿苓。"

他没有睡。

我轻轻道："殿下，我在。"

"孤只是……想要到你身边来。"

我沉默片刻，只道："殿下醉了。"

殿下阖着眼睛，声音近乎乞求。

"别和他走，好不好？

"你想要什么，孤都可以给你。

"不要这样……与虎谋皮。"

我没有说话。

快了，殿下。

我在心中想着。

很快，一切就结束了。

48

祈福大典当日，晴空万里。

我在朝歌山的高台上祝祷。

段长风满身银甲，将那把沉重的黑色大剑舞得虎虎生风。

众人皆跪伏在地。

唯有殿下蹙眉，看向远处的天色。

所有的变故就是在那一刻发生的。

远处的天幕，忽然出现了一朵浓黑的云团。

轰隆——

惊雷在所有人耳边炸响。

无风生雨，倾盆而下。

台下人群中，忽然响起一个惊恐的声音。

"段小侯爷这是怎么了？！"

方才舞剑的段长风摔倒在地，浑身抽搐，身上冒出丝丝缕缕的黑烟。

那把我费尽心思寻来的剑已经被劈成两截。

我佯装惶恐："小侯爷，你怎么了？"

段长风的头发根根竖起。

他死死睁着眼睛："你……竟敢！"

我偏过脸，朝他很轻地笑了一下。

"我敢。"

血海深仇，未有一日敢忘。

我转身，惊恐地跪下。

"白日惊雷，此乃天罚！"

我安排在人群中的人瞬间跪伏在地，跟着我惶恐磕头。

"求神灵息怒！"

"求神灵息怒！"

越来越多的人被带动。

也有段家人既惊且怒，提出质疑。

"神女，这就是你挑的良辰吉日？！"

然而这点怀疑的声音，迅速被湮没在更多的告罪声里了。

大雨瓢泼，将我浇得湿透。

头发丝缕粘在颊边，我抬眼望天，苍天不言。

刚刚那一瞥里，我看清了殿下的神情。

他说，你疯了。

我岂会不知。

众目睽睽之下，段长风死了，我难辞其咎。

我没有时间了。

我本来会有很多种办法，徐徐图之，杀人无形，便不必冒这样的险。

可我没有时间了。

我转念又想，真是教会徒弟饿死师傅。

我曾教过他观云测雨。

这一次的天象，众人之中，也唯有他察觉。

不过这些都不重要了。

我垂眸，腕上的朱砂痣彻底消失不见。

挡在他前路上的豺狼虎豹皆死。

今生今世，他都不会再落泪。

49

段家人没准备让我活过今天。

等不及下山，他们就要趁乱杀掉我。

吉服繁复，我挽着大袖，狼狈地拎着裙裾，在山林中逃窜。

不知不觉间，我又被逼到了崖边。

刀光寸寸逼近。

我心神恍惚，纵身跃下悬崖，身后，却传来一声撕心裂肺的——

"云苓！"

眼见我坠崖，他竟也想跳下来，却被后赶来的侍卫七手八脚地拽了回去。

对不起，殿下。

到了最后，还要让你这样难过一回。

急剧降落的过程中，一点红光照亮我的眼帘。

是那朵照殿红。

半空中，它追随着我的下落，宛然与我对视。

又一次，癫头僧的声音幽幽响在耳畔：

"这是宫中贵人带来的，今春最后一朵照殿红。

"赠予施主，了却因果。"

耳畔风声呼啸。

癫头僧拍手大笑。

"施主身上的因果若环，环环相扣，却不知何处是头啊！"

如果这就是我的因果，我的命数。

我不惧。

我伸手，抓住了那朵照殿红。

滴答。

我从高处坠下，如云间一滴水，重新落入江流。

在时间这条长河里，溯洄而上。

第七章

因果

"一切皆有因果，自有妙法。"

50

天旋地转。

身下泥土松软，我落回在地。

有什么东西扎在我侧脸，刺刺的。

春草柔软，映入眼帘。

远处，官女太监哗啦跪倒一地。

皇后扶起我，难掩激动。

"显灵了！神仙显灵了！"

我困惑地眨了眨眼。

眼前的皇后二十来岁，乌发如云，年轻极了。

我这是……往回穿了？

我环视四周，目光扫过祭坛、贡品、乐师、高僧，后知后觉地意识到，宫中正在举行什么祭祀仪式。

皇后攥着我的手。

"神仙是听见本宫的祷告，特意来的吗？"

我身上还穿着祈福大典上那身繁复华丽的吉服，看上去，确实有被误会成神仙的可能。

对上皇后殷切的眼神，我轻咳了声，佯装镇定。

"我云游至此，听见乐声，便来看看。

"娘娘所求为何？"

皇后闻言，便要向我行大礼。

"求神仙，救救我儿！"

我手忙脚乱地扶起她。

这才发现，皇后小腹微隆，已经有了月份。

中宫所出，只有殿下一人。

我瞳孔紧缩，不可置信。

这厢，皇后已将前因后果都说了。

眼下是昭宁三年。

皇后在孕中受奸人所害，中了毒。

发现时已经晚了，毒素已经深入胎儿身体。

太医只来得及清除母体的毒素。

余下的，便束手无策。

只说若不能在这个孩子出生后的百天间解毒，毒入心肺，必死无疑。

皇后泪眼汪汪："神仙，可有解法？"

我沉默片刻。

"娘娘勿忧，我有办法。"

前世登基后，殿下沉疴难愈，身体一天天衰竭。

我四处打听，得知南诏有一种可治愈百疾的月神草，便遣人去求。

谁知只等来消息，月神草在二十多年前被两个中原人取走了。

按现在的时间来算，月神草极有可能还在南诏。

我若是动作快一些，说不定能抢在那两人之前。

皇后得到我肯定的答复，激动得不知怎么办才好。

她含着泪，有些羞涩地将我的手贴上她的肚子。

"祈儿别怕。"她温柔道，"母后请来神仙救你了。"

我的手比木头还要僵硬。

下一刻，皇后的肚子动了一下。

很轻的力道，触碰在我的掌心。我险些落泪。

51

我要去南诏求药。

刚出城，就遇见了一个和尚。

因为吃饭不给钱，被店家追杀了十条街，一路追出了城。

我看见他的时候，他正要哭不哭地蹲在城墙下画圈圈。

"师父，我不想游历了，我想回寺里去。"

店家凶狠地捏他的耳朵。

"少废话，十屉包子，不结账就别想走。"

和尚委屈。

"师父说了，下山化缘，不用给钱。"

店家大怒。

"你见过哪个和尚吃肉包？

"你这个假和尚！

"还钱！"

我实在看不下去，又觉得那个和尚的身形有些眼熟，像在哪里见过，索性在怀里摸了个银锭，抛了过去。

店家眉开眼笑地接过银锭。

走前，店家又凶凶地威胁和尚。

"你这个赖皮！

"再让我看见你，打断你的腿！"

和尚发出嘤嘤的声音。

我叹了口气，正要离去，和尚却忽然抬头。

那是一双堪称惊艳的眼睛。

清澈澄明，如山上雪、叶间露。

这个人，我曾见过的。

和尚笑眯眯道："小僧妙法，这厢有礼了。"

我被妙法缠上了。

这人骑着驴子，嗒嗒跟在我的马后。

他叽叽喳喳，比麻雀还聒噪。

我麻木地闭了闭眼睛。

这一路，我已经将他的身世摸了个清楚。

——他自己说的。

比如，他是大相国寺的和尚，年方十五。

住持说他命中注定活不过二十五岁，索性放他下山游历。

这人奉行人生苦短，及时行乐。

刚下山一个月他就破戒，大摇大摆进了赌坊，输光银子，又到处化缘。

还挑剔得很，不吃菜包只吃肉包。

这厢，妙法还在小嘴叭叭。

"小僧转念一想，还没有喝过酒。

"云岑，你什么时候带小僧偷酒喝啊？"

我忍无可忍："为什么非要偷？"

妙法理直气壮。

"因为既刺激又破戒啊！"

我："……"

我沉默半晌，艰难开口。

"我能不能问你一个问题？"

"施主请讲。"

妙法笑眯眯道："小僧知无不言，言无不尽。"

我崩溃。

"你为什么要跟着我啊？！"

因为跟着我，也刺激又破戒吗？！

妙法摇头晃脑。

"你是我下山后，唯一搭理我的人。

"所以，小僧跟定你了！"

这人怎么这么无赖啊！

52

有妙法在，星夜兼程，双重疲惫。

春去夏来，离京已有一月。

我看看地图，又看看面前这片山林，终于绝望地确定，我们走错路了。

去南诏应当西南而下，我们却往正西走，到了白鹭山。

妙法戳戳我的肩膀。

他的语气小心翼翼。

"云苓，你看前面那个绿眼睛的黑东西能吃吗？"

我不耐烦抬头。

"你又在胡说什——"

声音猛然顿住。

月色下，山林里。

几十双绿幽幽的眼睛将我们锁定。

我倒吸了一口凉气。

妙法丝毫没有意识到危险，开始掰手指。

一头做炙肉、一头做烤肉，还有一头……

我额角青筋直跳，狠狠踩他的脚。

"它能把你吃了！

"愣着干什么？跑啊！"

不管怎么说，马、驴和人，都是跑不过狼的。

我和妙法被狼叼走了。

妙法瑟瑟发抖，紧紧闭着眼睛，开始念经。

我气笑了。

"现在念经有什么用？

"你指望感化这群狼，让它们皈依佛法？"

"不是。"

妙法满脸无辜，小小声道：

"小僧在念往生咒，提前超度一下咱们。"

我捂着心口，深深吸了一口气。

不多时，我们被叼回了狼窝。

头狼没有吃掉我们，而是把我们扔进了山洞角落的草窝里。

"哐——"

妙法被摔蒙了，揉着圆圆的脑袋。

他刚想支身坐起，忽然摸到一团烫烫的东西。

他瞬间惨叫着跳了起来。

"云苓，救命！"

我顺着他惊恐的目光看去。

"……"

在这个狼群老巢的草窝里，有一个婴儿，而且烧得浑身滚烫。

我被烫得缩回手，抬头，正看见绿幽幽的狼眼。

"你想让我……救他？"

头狼哀哀叫了声，似是回答。

我摸了摸婴儿的脉搏。

托前世的福，为了照顾病弱的殿下，我还学了医术。

我很快就诊断出，这孩子是热伤风。

我在山林里寻了几种草药，用碎石捣碎了，喂进了婴儿嘴里。

这样照顾了几天，婴儿的病渐渐好了。

婴儿除了窝在母狼肚子旁吃奶，就是睁着圆溜溜的眼睛看我们。

妙法啧啧称奇。

他胆子又大了起来，咿咿呀呀逗婴儿玩。

玩哭了又将婴儿还给母狼。

牙都没长齐的婴儿，气得咬了他一口。

母狼转头看他一眼。

这下，妙法终于老实了。

我见婴儿身上有很多蚊虫叮咬的红疹，索性好人做到底，摘了些驱虫安神的草药，准备给他做一个香囊。

然后，我愣住了。

手边的香囊是当年秋猎后，答应给殿下做的。

最后因为皇后恳求，没能送出手，我便一直带在身边。

不自觉地，我的脑海里，浮现出阿朔那只旧旧的香囊。

东宫新供的布料，蹩脚的绣工。

还有……

那夜白鹭山，阿朔拜别死去的老狼，磕磕绊绊地说"报恩"。

我猛然起身。

山洞里，婴儿正窝在母狼肚子边，睡得香甜。

我看着他的睡颜发呆。

这人眉梢眼角，确实有未来那个东宫暗卫头领的影子。

妙法探出个头。

"怎么了，这小孩你认识？"

我怔怔回头，妙法眨着那双无辜的眼睛。

"到底怎么了啊？"

我脱口而出：

"你的眼睛为什么会瞎？"

为什么九年后再见，他瞎了一双隽妙的眼睛？

妙法暴跳如雷。

"云岑，你诅咒我！"

我后知后觉这话逾矩。

"我脑子一时糊涂了……对不住。"

见我沉默，妙法洒脱地一摆手。

"小僧可没有生气哦。

"反正小僧的寿命不到十年了。

"肯定活不到老眼昏花的时候，哈哈。"

…………

我留下驱虫安神的香囊，离开了白鹭山。

十七年后重逢，我们便以此物相认。

月下，我掉转马头，回头再看了眼黛色山峦。

群狼夜嗥，如泣如诉。

阿朔，要好好长大。

53

初秋，我们抵达南诏。

人潮熙熙攘攘。

妙法扯着我钻进去看热闹。

看了半天，原来是一个客居的中原人拐走了祭司最宠爱的小女儿。

所幸侍卫及时发现，把私奔的二人抓了回来。

祭司震怒，现下正押着那个中原人游街。

我抬眼一看，倒吸一口凉气。

那中原人被押在囚车里，低着头，脊梁却挺得很直。

这分明是年轻的太傅顾彦。

那个祭司最宠爱的小女儿是谁，简直呼之欲出。

我默默扯了扯妙法的衣摆。

"别看了，咱们还有正事要干。"

我们是来求药的。

妙法看得津津有味，被我扯出去，还意犹未尽地一步一回头。

我面无表情地想，往后你当了国师，这对苦命鸳鸯一个先进宫当了贵人，一个后来成了太傅，有得你看的。

我拿出皇后给的信物，很快见到了大祭司。

"陛下与娘娘愿以黄金万两，奇珍无数换得月神草。"

白发苍苍的大祭司半阖着眼睛。

他摇了摇头。

只道月神草是南诏至宝，恕他不能从命。

黄金万两，他都毫不动摇。

上一世，那两个中原人是怎么取回的？

大祭司见我们不动，再次催促。

"两位，请回吧。"

我如遭雷击，忽然想到什么，不可置信地看向妙法。

传闻里的两个中原人，难不成，就是我和妙法？

妙法见我一脸缓不过神，拍了拍我的肩膀，以示安慰。

"这么吃惊做什么？一看你就没被拒绝过。"

说着，他朝我挤了挤眼睛，压低了声音：

"先走，小僧有个主意。"

54

夜半，我看着用黑布将自己的脸遮了个严严实实的人。

我的目光在那颗锃亮的光头上游移，不忍地收了回来。

没眼看。

我诚恳道："伪装得很好，下次别装了。"

妙法拧眉："怎么感觉被骂了。"

我假笑："你这么聪明，怎么会呢？"

妙法终于确定了我在阴阳怪气，遂大怒。

一番折腾，他将我的脸也蒙起来了。

妙法欣赏着他的作品，满意拍手。

"窃贼出动！"

这次窃贼行动并不顺利。

巡逻的侍卫也太多了点。

我和妙法对视一眼。

隔着层黑布，都能看出对方脸上的凝重。

正当我们一筹莫展之际，人群忽然骚动起来。

"风堇小姐又和那个中原人跑了！"

"追！去追！"

混乱里，我感觉有个姑娘和我擦身而过，飘扬的黑发扫过我的脸颊。

我乍然抬眼，望进一双忧郁的眼睛。

虽未谋面，我却好像知道了她的身份。

妙法催促："快！就是现在！"

有个眼尖的侍卫看见那个从我身边跑过的姑娘，他顿时瞪大了眼睛。

"风堇小姐在——"

我袖中的小石头飞出，击中侍卫的睡穴。

他倒了下去，在混乱中微不足道。

我被妙法拉进了圣阁。

月色下，我最后回眸看了眼姑娘逃窜的方向。

我想，若她能成功和顾彦私奔，就不会被当成贡品送进宫。

顾彦就不会为寻心上人入朝为官。

他不会在发现她死了之后，为她的孩子筹谋前路，无所不用其极。

与其这样，倒不如现在就成全了他们。

身侧，妙法倒吸了一口冷气。

他扯着我的袖子，示意我仰头。

月神草。

通体莹白剔透，如同月光。

不过……

一条色彩斑斓的大蛇，用尾巴一圈圈环着这株圣草。

它是月神草的守护者。

它察觉到外来者的闯入，咝咝吐芯，金黄色的竖瞳一瞬不瞬望着我们。

是一个攻击的姿势。

妙法的胜负欲被激发，顺手抄了根棍子，就要上前和这条大蛇决一死战。

"嘭！"

身后，圣阁的门忽然开了。

侍卫蜂拥而入，将我们围住。

祭司大怒，气得胡子都翘起来了。

"抓住这两个中原窃贼！"

妙法丢开棍子大叫：

"误会，都是误会！"

无人理会。

推搡间，有什么东西从我袖中掉了出来。

祭司随意一瞥，看得眼睛都直了。

"等等！"

他指着地上那朵干枯的红花，声音都在颤抖。

"这是什么？"

我警惕地看他一眼，将花捡了起来。

"照殿红。"

祭司陡然激动起来。

"中原人，你不是想要月神草吗？

"我和你换！"

这……说换就换了？

"这花有什么神奇的地方吗？"

话一出口，我自己就愣住了。

我是如何溯洄时空的，我再清楚不过。

"这是南诏古籍里，能够溯洄时空的花。"

祭司恋恋不舍地望着我掌中衰败的红花。

我蹙眉："可是它已经枯萎了。"

祭司摇头："它是种子。"

他在胸口虚虚描画了个图腾，目光虔诚。

"原来，它是真实存在的。"

我眉心突突直跳。

这朵照殿红，癫头僧说是宫中贵人所赠。

而宫中，只有一棵照殿红，是殿下登基那年南诏送来的贺礼。

所以，二十多年后，南诏进贡的那棵照殿红，它的花带着我溯洄时空，留下了它的种子。

可若不是先有种子，又怎么会种出未来那棵照殿红？

前因，后果，桩桩件件，我头疼欲裂。

或许……

有一个念头在脑中渐渐明晰。

因果不是一条线。

而是……一个圆。

所以，因果能够倒置。

因可为果，果亦为因。

而过去、现在、未来，同时存在。

在这条光阴长河里，无数个我在各个时间点里奔走。

我们在同一时刻创造前因后果。

我们在为拯救殿下，共同努力。

可是，这个圆的开始和结束，又在什么地方呢？

癫头僧的大笑又一次在我耳边响起。

旧日上空笼罩的阴影，在此刻，如同复苏的幽灵。

"施主身上的因果若环，环环相扣，却不知何处是头啊！"

…………

在离开南诏边境时，侍卫们押着出逃的风堇和我们擦肩而过。

我仔细看了眼，没看见顾彦的身影。

这一次被抓回来的只有她一个人。

她还是失败了。

我回眸。

少女低垂着脑袋，如同枯萎的花。

不久后，她会被当成南诏国最美丽的贡品，送进千里外的皇城。

此后，她只是宫中的容贵人。

前尘往事，无人在意。

55

星夜兼程，我终于在殿下的百日宴前赶了回来，亲眼见到小殿下服下月神草。

我刚松了一口气，低头却见这个白软的小东西一瞬不瞬地望着我。

"……"

我的心柔软得一塌糊涂。

我没忍住，趁着皇后不注意，轻轻碰了碰他肉肉的小手。

"神仙。"

皇后和宫女吩咐完什么，就要转过头。

我默不作声地抽手，却被小殿下抓住了小指。

皇后回过头，刚好将我抓了个正着。

她温柔地笑了。

"还请神仙为祈儿取个小字，权当赐福。"

那一瞬间，我想起宫中的传说。

——小殿下百日时，曾有一神仙云游至此，为他取字"凤凰"。

我骤然颤抖起来。

皇后目光殷切，小殿下咿咿呀呀朝我伸手。

我的眼泪掉了下来。

然后，我听见自己的声音，轻而沙哑。

我说："凤凰。"

凤凰要涅槃重生，但你不用，你一生顺遂。

你永远是鲜亮骄傲的小凤凰。

万千劫数，我替你担。

56

翌日，就是殿下的百日宴。

皇后提前准备了抓周之礼，邀我同观。

然后，我就看见——

小殿下略过眼前的金银奇珍，抓住了我的袖摆。

他"咯咯"笑了起来。

皇后有些尴尬。

"神仙，祈儿不是有意冒犯。"

我怔怔低头，望进那双弯弯的笑眼。

如同命运，一语成谶。

"……无妨。"

一个无伤大雅的小插曲。

日头越来越烈，我的意识有一瞬的恍惚。

天色变幻，霞光万丈，祥云翻卷。

众人皆被这天生异象所惊，纷纷向高座上的帝后贺喜，说小殿下必然不凡。

妙法放下肘子，嘴上沾了一圈酱汁。

"云苓，你怎么了？

"你的脸色很不好。"

我被这一声唤回神，才发现自己冷汗涔涔。

"我——"

耳畔，忽然响起一个缥缈沉冷的声音。

"因果闭合，你该回去了。"

高台上，小殿下似有所感，啼哭起来。

妙法惊呼："云苓，你的手？！"

我袖下的手已经趋近透明。

他想抓住我，却只徒劳地穿过我透明的身体。

他察觉到，我在一点点地消失。

"你要去哪儿啊？能带上我吗？"

我苦笑："或许是未来，不成了。"

妙法急道："那未来，我还能在哪儿见到你？

"你说过要带我偷酒喝的！"

我脱口而出："宫中！"

我咬牙，声音被风撕得稀碎。

"我会回来的，一定会！

"不过下一次见面，我或许就不认识你了！

"你一定要告诉我你的名字！"

妙法扯着嗓子：

"好！

"那小僧备好酒，等你来喝！

"不过，小僧还得等你多久啊？"

我的脑子一片空白。

要多久？

第一次溯洄，我回到了昭宁十二年，见到了小殿下，也见到了……妙法。

我来不及说什么，紧接着就是他圆寂的消息。

我忽然意识到，我许诺妙法的下一面，就是此生的最后一面。

下一刻，我眼前的一切消失不见。

白茫茫的虚无里，那天音又响起来了。

"你救他一次，却困他一生。

"时也。命也。"

我颤抖着问：

"你能不能告诉我，为什么妙法瞎了？"

"他命数已定，衰老快于凡人十倍。

"因为你一句归来，他怕你认不出他。

"用一双眼睛，向神佛换了容颜永驻。"

那一瞬间，往事在眼前翻飞。

最后定格于我在摘星阁找到的数十坛好酒上。

我当时还想，妙法这和尚看上去一本正经，私下却偷偷藏了这样多的酒。

原来，如此。因我一句归来，漫漫余生，困死一隅。

昭宁十二年，昏暗的摘星阁里，我以为的初见，在他眼里，是故人久别重逢。

他的声音嘶哑如老朽，眉梢却带笑。

"小僧妙法。

"神女，别来无恙？

"你要喝酒吗？"

恍若昭宁三年初见。

青涩小僧骑着驴，摇头晃脑，吵吵闹闹。

"云苓，你什么时候带小僧偷酒喝啊？"

恨对面，不相识。

57

昭宁三年春末，见皇后，遇一青涩赖皮小僧妙法。

仲夏夜，白鹭山救狼孩，十七年后重逢，其名阿朔。

秋，至南诏，遇一对有情男女私奔，未果。

留下花种，久远的未来，南诏以照殿红贺新皇登基之喜。

初冬，携月神草回宫。

小殿下百日宴，取字"凤凰"。

冥冥之中，因果自有定数。

我抬眼，一条金色的长河在面前缓缓流淌。

我听见了声音，无数人的悲欢离合，爱恨歌哭。

"此河，名唤光阴。"

我嗓音滞涩："那么，我要回到哪里去？"

"到来处来，到去处去。"

朱砂痣湮灭，照殿红枯萎。

是时候，该回去了。

我的身体轻盈而空荡，如一滴水，汇入川流。

下一刻，指间发烫。

"有一个人，不肯放你走。

"他用红线牵住了你，强留你下来。"

天音卡顿，一声叹息。

"花开花落自有时。他又能留你多久呢？"

我怔怔垂眼，一圈浅淡的红痕环绕在指根。

世间因缘，生生灭灭。

却有一寸红线，想要把我拉回人间。

带回到……那个人身边。

第八章

雪夜

"他和她重逢在每一个命运的闭环。"

58

因果相续，大梦经年。

我艰难地撑开眼皮时，天光熹微。

殿下守在我榻边，以手支颐，沉沉睡去。

如同天音所言，一段红线系在我指根，恍若斩不断的尘缘。

本朝传说，系上红线的人，会羁绊一生。

我看得出神。

头顶，忽然响起殿下沙哑的声音。

"红线，牵住了。

"……再跑不掉了。"

他紧紧抱住了我。

有什么温热的液体淌进我颈窝。

我迟钝地意识到，这是眼泪。

"阿苓。

"你不知道，孤快疯了。"

我才知道，那日，殿下还是挣脱了侍卫跳崖。

崖底乱石嶙峋，白浪滔天。

他找了我很久，始终找不到，却固执地一遍又一遍地找。

直到几日前，我被发现在水边的大石上，昏迷不醒。

我消失了将近一年。

这一年里，皇帝病重，太子监国。

殿下打击世家，收拢权柄。

他先拿侯府开刀，杀鸡儆猴，又以雷霆手段荡平了朝中质疑的声音。

就算没有我，他依旧能做得很好。

我一直知道的。

我想起什么，跌跌撞撞往偏殿跑。

我找到了那幅《神女图》。

这一次，我展开画卷。

从前模糊不清的神女面目，悄然间，变成了我的眉眼。

因果闭合，如此清晰。

对上殿下惊愕的目光，我扯了扯唇角，想笑一笑。

"殿下。"

我哑声道："我回到了你的过去。"

和小小的你，相见了。

原来那么早的时候，我们的命运就已经交织在了一起。

往事若飞鸿踏雪泥，千头万绪，从何而起。

我张了张嘴。

"昭宁三年春……"

霎时间，我泪如雨下。

59

皇帝驾崩，是在一个寻常冬日。

大太监高呼陛下，一头撞死在了龙榻边。

这是昭宁年间的最后一抹血色。

一个时代落幕，另一个时代拉开序幕。

岁末，是殿下的登基大典。

如我所愿，他终究走进了那个属于他的、光辉灿烂的未来里。

我一瞬不瞬，望着白玉台上的年轻君王。

帝王衮服，十二旒冕，金玉为饰。

一件件，都是我亲自为他穿戴。

殿下本想让我当礼官，却被我拒绝。

这些日子，我心神恍惚的频次越来越高。

那是我又要离开的征兆。

天音是对的，殿下留不住我。

耳畔山呼万岁，我跟着跪伏在地，道："吾皇万岁万岁万万岁。"

往事如同走马灯。

我想起那封藏在枕下的封后诏书。

上面御笔金印，一笔一画，写的是我的名字。

我想起夜半，处理完政事的殿下蹑手蹑脚来到我榻边，珍而重之，在我额上落下的那个吻。

我不曾睁眼，唯有眼睫颤抖如蝶翼。

那一刻，我想起自己会在未来不久后消失。

只想让殿下忘记我。

夜长梦多，他多难过。

殿下叹息了声。

他没有点破我装睡，只是很轻地替我掖好了被角。

我不曾说，他不曾问。

有些话，跨越两世，终究未能出口。

——喜欢吗？

——喜欢……月亮。

爱慕与仰望，人们装聋作哑，月亮缄口不言。

谁知晓呢？

唯有那夜穿堂而过的风知晓。

很久很久之前，小殿下曾问过我一个问题。

"会不会有一天，神女不在了呢？"

稚子清凌凌的诘问犹在耳畔。

当年的我哑口无言。

到如今，终于有了答案。

——到那时，小殿下必然名扬天下。

莫愁前路无知己，天下谁人不识君？

所以，小殿下，别怕啊！

红线断开，在我指间脱离的刹那，我又听见那道天音。

"该回去了。"

我轻声道："我会去到哪里？"

"来处，即归程。"

来处？

我愣怔片刻，忽然笑起来。

万法皆空，因果不空。

我是谁？

我是榴花巷的一个无名乞儿。

我是殿下身边的一条疯狗。

我是这条光阴长河里，一只小小的蜉蝣。

60

长街，静静落雪。

榴花巷白雪茫茫。

脏污的巷弄深处，遥遥传来两声狗吠。

一切的原点，原来是这里。

我低头，盯着自己脏兮兮的、长满冻疮的小手。

一双属于小乞丐的手。

我轻轻笑起来。

所有人都是命运的困兽。

· 111 ·

但我的小凤凰不是。

年轻的新皇在山呼万岁中登基，开启他的皇皇盛世。

春风楼依旧张灯结彩，却再无小倌凤翎。

而无名无姓的小乞儿，悄无声息，饿死在旧岁的最后一个雪夜。

这就是故事开始的地方。

腹中饥肠辘辘，我饿得头晕目眩。

只是这一次，再也没有人分我那半个冷馒头。

可我不想死。

我想大喊，想求救，可我发不出声音。

我仰头问："这就是我的因果，我的宿命吗？"

苍天垂眼，漠然无言。

唯有夜雪落在鼻尖，预兆着明年是个好年。

一切都结束了。

在这个时候，我竟然还想起了殿下偷吻我的那个夜晚。

当时我想让殿下忘记我，免他伤怀。

可是真的到我快要死了的时候，我却生出些不该有的妄念。

好吧，其实我没有那么宽宏大量。

我是一个很自私的姑娘。

我真正想说的，是——

殿下，可不可以请你，不要忘了我。

人们常说，有人牵挂的鬼魂，会寸步不离地跟在那个人身边。

我一点也不想死。

我还想陪在殿下身边，看他风华正茂，看他白发苍苍，好多好多年。

不管他变成什么样子，一面又一面，在我眼里，都如初见。

我是如此眷恋这个有他的人间。

长街尽头，却有马蹄踏雪而来。

衮冕加身，贵不可言。

他骑白马的样子，却一如年少，潇洒好看，未曾更改。

他来得那么快，那么急。

我怔怔抬眼，竟不知这眼前的一切，是不是苍天垂怜，赠我死前一场幻梦。

眉间细雪融化，悬在眉睫，如同泪珠。

"无论你在哪里，我都会找到你。"

我跌入一个温热的怀抱。

一个紧紧的，仿佛要揉入骨血、今生今世再不分开的拥抱。

"可是阿苓，你不该抛下我。"

沙哑的声音响在耳畔，惊心动魄。

"在这条光阴长河里。

"只有你遇见我的时候，因果才形成闭环。"

飞雪无言，茫茫成阵。

无可更改的因果，于此处闭合，发出"咔嗒"声响。

一个点，延伸出一条线，环合成一个圆。

兜兜转转，回到彼此身边。

我被命运馈赠的善果砸得头晕目眩，哭哭笑笑，竟不知如何应答。

原来如此。

竟是如此。

这才是故事真正的结局。

月落重生灯再红。

从此花朝月夜、岁岁年年，常相见。

番外一

江湖夜雨

万丈红尘明月夜,他却只惦念着那一顿没喝上的酒。

和那个……重逢却不识的故友。

是故执念深重,不愿往生。

1

云苓觉得，胖和尚一定有什么事瞒着自己。

殿下登基已有五年，朝中安定，政通人和。

这五年里，她一逮着空，就往大相国寺跑。

每次，她都被胖和尚神神道道地劝回。

"时候未到。

"小姑娘，莫要着急。"

云苓扑腾着短手短脚，无能狂怒。

"大师，是我啊！

"你以前见过我的，你不记得了吗？"

无奈她这副小孩的模样，既没有说服力，也没有震慑力，轻易地就被请了出去。

这顿闭门羹，云苓从十岁吃到了十五岁。

萧祈瞧着她垂头丧气的样子，就笑。

"这世上，竟还有能难倒神女的事？"

云苓气鼓鼓，瞪他一眼。

萧祈笑盈盈地回望着她。

几年过去，他褪去了少年的天真感，昭昭朗朗，轩然霞举。

云苓目光游离，不争气地咽了口口水。

这人太知道怎么用这张脸蛊惑她！

她一时气闷。

思来想去，眼珠子一转，主意就打到了萧祈身上。

"陛下——"

她双手合十，神色虔诚极了。

萧祈心中一跳。

2

云苓扮作随行的侍女，悄悄跟在萧祈身后，终于混进了大相国寺。

趁着胖和尚同萧祈讲经，她偷摸着溜进了内院。

一间间禅房摸过去。

连藏经阁都上上下下找了一遍。

两个时辰，一无所获。

她心中那点隐秘的小火苗，扑棱两下，熄灭了。

云苓深深呼出去了一口气，自嘲地弯起唇角。

她到底还在期待着什么呢？

她转身要走，却忽然从头顶传来一个声音。

"你在找什么？"

懒懒的，带着点不分明的笑意。

"需要小僧帮忙吗？"

有风悄然路过，藏经阁外的菩提树沙沙作响。

她仰头望去，刹那间万籁俱寂。

那是个青涩的小和尚。

有着一双空明澄澈的眼睛。

恍若故人凭栏望。

云苓瞳孔紧缩。

"妙——"

几乎是同时，小和尚笑吟吟开口。

"小僧妙法。"

他歪了歪脑袋，饶有兴致地问：

"你方才，是在找小僧吗？"

云苓怔怔地望着眼前的小和尚。

人间别久不成悲。

久到……故人再次转世为人，与她相见。

"是。"她说，"妙法，我在找你。"

妙法一愣，哑口无言。

他自记事起就被胖和尚困在内院，从未见过生人。

眼下好不容易见到个新鲜的，又见她有趣，忍不住开口逗弄。

没想到她这样爽快地承认了。

这话……要怎么接呢？

妙法的眉头都要拧成一团了。

正当他佯装镇定地思索时，对面的云苓，忽然脸色大变。

妙法眉梢一挑。

他回头，正看见笑眯眯出现的胖和尚。

"施主，怎么闯到藏经阁来了？"

云苓左顾右盼，心虚得说不出话。

胖和尚恍然大悟。

"定是一不小心，迷路了。

"还是贫僧为施主带路吧。"

胖和尚忙不迭将云苓拉走。

末了，又重重拍上了藏经阁的门。

一路上，面对云苓的质疑，他没有遮掩。

"师父执念深重，不愿往生极乐。

"便再来人间轮回一世。"

云苓呆呆仰头。

"是他。"

胖和尚坦言："是，也不是。"

他垂眸，眼中皆是悲悯之色。

"施主与师父，尘缘已尽。

"此生，还是莫要叨扰的好。"

云苓哑声道："可我却知道，他的执念在何处。

"解铃还须系铃人。"

她停下脚步，执着地望进胖和尚眼底。

"况且……

"戒困不住他。你也不能困住他。

"飞鸟，来去自由啊。"

3

妙法发现，最近寺里的师兄好像中邪了。

他们在值夜时，集体打起了瞌睡。

譬如今夜。

在师兄们如雷的鼾声中，妙法背着小包袱，从藏经阁逃了出来。

那道鬼鬼祟祟的身影刚消失在山门，守夜的师兄们齐齐睁开了眼睛。

大师兄欣慰道：

"妙法这孩子，打小就机灵。"

二师兄赞许地点点头。

"你听见小师弟刚才的脚步声没有？轻得和猫儿似的。

"他的轻功练得这样好，若在山下遭遇歹人，想必也能跑得飞快。"

二人浑然不觉自家的纯良师弟才是那个歹人。

正当几个师兄对自家师弟赞不绝口时，守阁的恒沙师兄大惊失色地赶了过来。

"妙法师弟呢？"

大师兄面露茫然。

"妙法已经下山了。

"恒沙，出什么事了？"

恒沙师兄也很茫然。

"走了？

"盘缠、文牒、馒头，妙法师弟什么都没带啊？！"

大师兄目瞪口呆。

"那他的包袱里装了什么啊？"

…………

云苓在山腰等了半夜，终于蹲到了出逃的妙法。

"小和尚。"

她笑眯眯道："我来恭喜你，重归自由身。"

妙法扬眉："只是恭喜？"

话一出口，妙法自己先愣住了。

这句话说得熟稔又亲昵，仿佛他们是多年好友。

云苓倒没意识到不对。

"当然不止。"

她笑起来："自然要去庆祝庆祝！"

4

妙法仰头望着酒肆硕大的牌匾。

他眼睛都亮了。

他想起什么，摸了摸包袱，羞涩道："小僧没钱。"

云苓大手一挥："不要紧。"

妙法点头，迫不及待地想要在酒肆中坐下，却被云苓拦住了。

"走错了。"她真诚道，"不是从这里进。"

妙法狐疑，但见云苓一脸理直气壮，还是将信将疑地跟过去了。

云苓身手敏捷地带他钻过四个暗巷，飞过三个屋顶，绕了大半圈路，终于来到了……酒肆储酒的库房外。

云苓撸起袖子，举起一块石头，二话不说开始砸锁。

见妙法目瞪口呆地站在原地，朝他勾了勾手。

"愣着做什么，来搭把手。"

妙法咽了口口水。

"为什么咱们要偷啊？"

云苓闻言，意味不明地哼笑了声。

"因为既刺激又破戒啊！"

身后人半天没说话，云苓心中有些发沉。

一回头，却见妙法的眼睛，就像黑夜里的狗子——

一点一点亮了起来。

两人一拍即合。

经过不懈努力，他们终于砸开了门锁。

一时间，两人如同耗子掉进米缸，快乐得不知今夕何夕。

"十洲春、鹿骨酒、玉浮梁……"

妙法围着酒架绕来绕去，啧啧称奇。

东看西看，左闻右闻，他终于找到了一坛好酒。

他刚兴奋地拍开酒坛，云苓刚从角落里扒拉出两个干净酒盏，虚掩着的库门就被人一脚踹开。

官兵们蜂拥而入，瞬间将他们包围。

店家出离愤怒。

"官爷，就是这两个狗胆包天的小贼！

"日日偷夜夜偷，偷了我们家这么多酒，终于抓到了！"

云苓和妙法惊恐地对视一眼。

"官爷，冤枉啊！"

冷月照大牢。

两人面面相觑，茫然蹲着。

角落里，传来狱卒的呼噜声。

妙法悄咪咪从包袱里摸出个酒壶。

"刚刚小僧趁乱往里面灌了点。"

他高高兴兴地往嘴里倒了一口，把酒壶一抛。

云苓抬手，将将接到，就看见对面的妙法，神情凝固了。

小和尚原本白皙的面色，肉眼可见地红了起来。

什么酒这么上头？

眼见好奇的云苓举着酒壶，仰着脖子也来了一口，妙法终于不忍了。

他捂着喉咙，咳得惊天动地。

云苓："？！"

酒液辛辣，刚一入喉，她就被呛得涕泪齐下。

"妙……妙法！"

两人咳得上气不接下气。

瞧着对方的狼狈样，不知是谁先没忍住，笑出了声。

云苓恼道："哈哈哈哈……妙……法！你别……哈哈哈哈笑了！"

妙法咬牙："云哈哈哈哈哈苓……你也别……哈哈哈哈哈哈喀喀！"

一时间，笑声和咳嗽声在大牢里此起彼伏。

云苓眼泪都笑出来了。

她捂着肚子，看着同样狼狈的妙法，蓦然想，这酒辣喉咙，远没有你从前在摘星阁藏的那些好。

这样想着，她便也这样说了。

"这酒不好。我知道一个地方，有很多很多的好酒。"

溜进摘星阁之前，妙法还在一步一回头。

"刚刚那个人为什么叫你神女啊？"

云岑轻描淡写地摆摆手。

"不相干。"

见妙法满脸狐疑，她认真解释："那块玉牌是神女的信物，我偷的。"

妙法："哇哦！"

妙法的注意力很快就被摘星阁里堆积的酒坛吸引了。

他大为震惊。

"这神女，居然还是个酒鬼？"

云岑高深莫测地点了一下头。

两人在众多酒坛中认真巡视了一圈。

妙法指着其中一坛，转眸笑问：

"咱们偷这个，如何？"

那是个平平无奇的小酒坛，左看右看，唯一特别的地方，大概是它有名字。

云岑凑过去，看那张封条上泛黄的字迹。

她没有见过妙法的字，但她直觉，这字是妙法所写。

——江湖夜雨。

"……极好。"她道。

桃李春风一杯酒，江湖夜雨十年灯。

如同应和她的话，有狂风卷开牖窗，电闪雷鸣，夜雨声急。

夏夜多骤雨。

独自饮酒亦是寻常。

可在摘星阁里同某人对饮，却是头一次。

这酒入口清冽，后劲却绵长。

妙法第一次尝到这杯中物，不胜酒力，耳根连着脖子，红成一片。

他撑着脑袋，东倒西歪地笑起来。

"不知为何，小僧总觉得与你一见如故。"

云苓醉眼蒙眬，朝着妙法遥遥举杯。

"是吗？"

她一饮而尽，囫囵道：

"缘法玄妙，或许曾在哪里见过吧。"

摘星阁里，他们就这样隔着光阴，遥遥相见，无知无觉。

妙法，她想，我来赴约了。

7

宿醉醒来，云苓头疼欲裂。

这一夜过得鸡飞狗跳。

她扶着脑袋缓了半天，意识逐渐恢复。

睁开眼睛，茫然四顾。

……妙法呢？

摘星阁被收拾得干干净净。

若不是唇齿间酒气未散，她都要认为，昨夜发生的一切只是一场梦。

云苓是在城门处追上妙法的。

这和尚文牒路引，一概没有，被当作逃犯抓起来了。

"等等！"

云苓飞马而来，取出袖中的文书。

"此人是大相国寺的和尚，奉朝廷之命游访各州郡，还请放行。"

城门守卫核验完，摆了摆手，示意小卒放开妙法。

妙法将文牒翻来覆去地看，满脸惊奇。

"云苓。"他默不作声地凑过来。

"你这文牒在哪儿仿的？做得好真。"

"……"云苓忍无可忍。

"不真，难道和你一起蹲大牢？"

妙法不好意思地挠了挠头。

"小僧不是故意不辞而别的。

"只是，你是小僧下山后认识的第一个朋友，还没想好怎么告别。"

他认真道："谢谢，云苓。"

云苓瞥开眼，声音发紧。

"所以，你现在想到怎么告别了？"

妙法笑吟吟道："请看。"

云苓望向他掌心，茫然道："朝露？"

妙法点头。

"世间因缘，如露如电，本不是长久之物。"

他的声音轻了下来。

"这一颗露水，不妨将它放归。"

云苓怔怔抬眼："放归到何处？"

妙法笑起来，几分天真，几分洒脱。

"江湖。"

云苓下意识追问：

"若是江湖不见呢？"

妙法将那份崭新的文牒摇得哗哗作响，痛心疾首。

"你这宫中贵人，当真是手眼通天。

"若非你成心不见小僧，咱们必然再见。"

说着，他潇洒地一摆手。

"故而，若江湖不见，咱们黄泉再碰头！"

"妙法！"

眼见着故人的身影渐行渐远，云苓喉头发紧，却还是大声喊道：

"此去平安！"

妙法笑盈盈地回眸。

"云苓，江湖再见！"

他喝完那顿酒，骑着小驴，就这样一摇一晃，远去了。

…………

后来，江湖上一个奇怪小僧声名渐起。

闲暇时，人们乐得谈论他的传说。

相逢意气为君饮，系马高楼垂柳边。

而最为人们喜闻乐道的，莫过于他那双眼睛。

真真是澄澈空明，漂亮极了。

番外二

人类微微甜

去人类世界闯荡前，阿朔严肃地提醒我：

"貂啊，人类很危险，你要当心。"

什么人类微微甜，要当点心？

我去尝尝！

第二天，"知名男演员被雪貂强吻"上了热搜。

1

在人类世界闯荡的第一天，我遇见了妖族老乡。

他是只事业有成的鬣狗精。

看见我，他热心地表示愿意收留我几天。

我亦步亦趋跟着他，好奇地问：

"老乡，为什么他们都叫你段总啊？"

鬣狗先生指了指面前的大楼，邪魅一笑。

"看见了吗？我的公司。"

我愣愣地辨别上面的字。

"……宇宙骨头娱乐公司？"

见我还有一点文化，段总更满意了。

"貂啊，不如来我公司打工吧，供应一日三餐。

"公司里还有很多小妖，大家都是老乡，能彼此照应。

"我呢，在幕后为你们谋划，让你们成为人类世界的大明星！"

我呆呆问："大明星是什么？"

段总掐灭了烟，笑眯眯地看着我。

"就是，很多很多的人类都会喜欢你。"

我听得懵懵懂懂，又问：

"那我能吃到很多好吃的吗？"

段总神色深沉。

"老乡不骗老乡。"

说着，他将一张纸拍在了我面前，指了指右下角。

"你在这里按个爪印，咱们的契约就成立了。"

…………

鬣狗确实是一种狡猾的动物。

我看着碗里少得可怜的肉，意识到自己被骗了。

他只说了供应三餐，又没说三餐都让我吃饱。

我出离愤怒，准备找段总要个说法。

"云苓啊。"他却仿佛早有预料，语重心长地劝我。

"老乡能有什么坏心思呢？不过是为了你好。"

我咬牙："好在哪儿？我要饿死了！"

段总高深莫测地晃了晃食指。

"这你就不懂了。

"你要多饿几顿，再瘦一点，才好上镜。

"这样，你才能当上大明星啊！"

他说着说着，又装作抹眼泪。

说我们一个两个，都不明白他的苦心，着实令他伤心。

我哪里见过这样的阵仗，被他唬得一愣一愣的。

末了，我又被他以置办衣服的名头，要走了兜里剩下的钱。

就这样——

我天天饿着肚子吃他画的大饼，被塞进各个剧组跑龙套，半死不活地开启了在娱乐圈打黑工的日子。

2

公司供应的伙食太少，剧组的饭也没我的份。

在一个饿得眼冒金星的夜晚，我决定出门打猎。

狩猎毕竟是我的本能。

鸟蛋、野兔、田鼠……每晚，我都成果颇丰。

我的加餐行为持续了三个月。

直到有一天咬着死鸟回来时，被段总发现。

他大为不满，严令禁止我打猎。

说要是被别人看到，有损公司形象。

这一次，见我不服，他放弃了利诱，转而威逼。

他告诉我，我现在是在砸他的饭碗，按之前按了爪印的卖身契来看，我还要赔偿他一笔钱。

我大为震惊。

我正要反抗，就看见段总身后的鬣狗保安摩拳擦掌。

今天，宇宙骨头娱乐公司依旧无事发生。

段狗。我忍辱负重地磨牙。

迟早有一天我要你好看！

日子就这样一摇一晃往前走。

有天晚上收工，我实在饿得眼前发黑。

眩晕间，却闻见一股浓郁肉香。

是从一个种满玉兰花的小院散发出来的。

我循着肉味，翻过围墙，直直往里闯。

角落里，一只珠圆玉润的橘猫正埋头吃罐头。

"你好，咪咪。"

我眼冒绿光，还是礼貌地打了个招呼。

橘猫护食，凶狠地朝我哈气。

我脑中那根名为礼貌的弦，刹那间断开了。

我如同一支离弦的箭，扑过去抢了罐头。

余光里，橘猫惊恐地跳开。

我大吃特吃，眼泪都要掉下来了。

连猫都过得这么好。

该死的鬣狗，我过的到底是什么日子啊！

我耳尖微动，身后传来一阵脚步声。

橘猫见主人来了，恶声恶气，"喵喵"告了一通状。

我撒腿要跑。

后颈皮一疼，我被直直拎了起来。

我愣愣望着眼前人类的脸。

这无疑是一张很好看的脸，比我在剧组见过的男主角们好看得多。

不过——

这张脸，在我视野里的比例，未免太大。

我这才后知后觉，自己变回了一只雪貂。

……难怪我这一套抢罐头的动作这么一气呵成。

那厢，橘猫越骂越脏。

我猛然回神。

这个好看的男人平视着我，眉心微蹙。

正当我以为他要骂我揍了他的猫时，我听见一声轻轻的叹息。

"怎么这样可怜啊。"

是的是的，好可怜的。

我借力翻身，抱住他的手指，讨好地舔了舔。

口中，发出谄媚的嘤嘤声。

猫也不告状了，在地上跳来跳去，急得就快说人话了。

男人愣怔片刻，忽而温柔地笑出声。

"好啦，可怜的小乖。"

他摸了摸我的脑袋。

"再给你开个罐头，好不好？"

3

萧祈的罐头有十种不同的口味。

零食更是数不胜数，单独放满了一个房间。

我彻底被折服。

我厚着脸皮赖在了萧祈家。

从此我过上了白天在剧组演尸体，晚上偷偷溜回他家，卖萌混饭吃的日子。

萧祈是人类世界的大明星。

他忙得很，有好多应酬，回家总是很晚。

也因此，他并没有发现我的异常。

唯一知道我行踪的橘猫三番五次在萧祈面前告状，想要揭穿本貂蹭饭吃的丑恶面目。

直到某天半夜，橘猫见我叼回一只血淋淋的松鸡加餐。

我笑盈盈地招呼。

"咪咪，来吃啊。"

它瞪圆了眼睛，终于老实了。

萧祈家的伙食太好。

兽形不明显，我的人形却日渐圆润起来。

所以当萧祈摸着我油光水滑的皮毛，叹息着说我怎么不长肉，并怀疑我是不是没吃饱时，段总瞧着我的脸颊，怀疑我又偷偷打猎去了。

他为了抓我的现行，连续一个月在山里蹲到半夜。

没蹲到我，无能狂怒。

"段总，这是压力肥。"

我望着这只坏狗，一脸真诚。

最近陪萧祈看电视，我学了不少时髦的新词。

段总半信半疑，左思右想，愣是没发现什么不对劲，决定先给我放一个星期的假。

我欢呼雀跃。

好哦！终于不用上班演尸体了！

我的每日日程变成了——

早上：叫萧祈起床。吃饭。在家巡逻。给猫舔毛。

中午：睡大觉。等萧祈回家。

晚上：在萧祈回家的时候第一个扑过去。窝在萧祈枕头旁边睡觉。

——休假雪貂的一天，真是繁忙啊！

为了让猫心悦诚服地当我的小弟，我挑了个白天，带猫出去打猎，现场传授它狩猎技巧。

不过，我忘记了……

我白天的运动量，并没有这么大。

因为总在剧组演尸体，我白天基本上都在睡觉。

一回到家，我就累瘫了。

猫在我身边焦躁地走了几圈，"喵喵"地叫。

想必是今天的打猎活动太过刺激，它激动得心情久久不能平息。

我懒得理猫，闭上眼睛演尸体。

所有的声音都消失了，世界在我面前陷入沉寂。

我睡得很香，黑甜无梦。

再醒来时，一点奇怪的味道钻进我的鼻子。

很多动物的气息混合在了一起。

这个味道，不是在萧祈家。

我警惕地睁眼，正好对上萧祈幽幽的眼神。

"你醒了。

"猫叫得撕心裂肺，以为你死了。"

唔。

我眨了眨眼睛，悄咪咪收了收爪子。

演尸体演得……太过投入了。

旁边的兽医乐不可支。

"何止啊。你主人也以为你死了。

"大半夜开车过来拍我的门。啧。"

他拍了拍萧祈的肩膀。

"我说得对吧，它就是睡太死了。"

萧祈终于松了口气。

见我无辜地望着他笑，他气愤地戳了一下我的脑门。

"不省心的小东西。"

回到家的时候，猫蜷缩成一团，还在呜呜地哭。

它平时总爱和我抢谁先扑进回家的萧祈怀里，今夜却一动不动，兀自哭得伤心。

萧祈低头看我一眼，意思明确。

——你去哄。

我嗒嗒跑了过去。

猫耳尖微动，抬起头看了我一眼，又窝了回去。

过了几秒，它反应过来什么，缓缓抬头。

"喵！"

一声短促且惊恐的猫叫。

它仿佛活见了鬼，吓得一蹦三尺高。

"没死，没死。"

我用爪子摸摸猫的脑袋，小声哄它。

"好咪咪，你看，我不是好好的吗？"

咪咪震怒。

咪咪打了一套猫猫拳。

咪咪委屈地凑过来，贴贴。

5

休假结束。

这天傍晚，段总拦住了准备下班的我。

说晚上有个酒局，很多导演和投资人都会来。

他要带我去认认人，顺便见识一下世面。

"只要能在圈里混个脸熟，你以后就不用跑龙套了。

"而且，你还没见识过人类世界的美食吧？"

晚宴在一个花园酒店举行。

觥筹交错，衣香鬓影。

我猫在角落吃得起劲。

身前忽而投下一片黑影。

我仰头，段总正笑眯眯地看着我，旁边还站着个西装眼镜男。

"云苓，这是宋导。

"来，站起来给宋导看看。"

虽然疑惑，我还是站起身，老老实实地喊了声"宋导好"。

宋导将我上下打量了一遍。

我被那目光看得不舒服，偏了偏脸。

宋导推了推镜框，只是笑。

"小家伙还挺傲气。"

段总也笑："偶尔换个口味。"

两人对视一眼，像是达成了什么协议，心照不宣地走了。

又过了一个小时，我吃饱喝足，看了看天色。

该回家了。

不然萧祈回去就找不到我了。

我正要离开，一只手臂将我拦住。

"太晚了。"

我闻见浓重的酒气。

段总指尖夹着张黑金色的卡片，朝我摇了两下。

"在这里睡一晚吧。"

我接过卡片，乖巧应好。

段总大力拍了拍我的肩膀。

他看上去很高兴。

醉成这样，还不忘打哑谜。

"貂啊，有前途。"

我仰起脸，故作天真地朝他笑。

可是，我已经知道了他的谜底。

萧祈的经纪人是个话痨，来他家里交接工作时，总爱分享八卦。

某某导演大搞资源置换、某某演员带资进组。

我耳濡目染，对这些事情也有了些了解。

于是今夜，段总醉得找不到东南西北，准备从酒局上下来时，我温声向前来帮忙的服务员道谢。

我扶着自家老板，"嘀"地刷开了那间有前途的房间。

祝鬣狗先生有个难忘的夜晚。

6

我脚步轻快地下楼时，与一群人擦肩而过。

他们正在大声交谈着什么。

"萧祈？也就只有一张脸能看。"

"他的奖项来得不清不白，大家都懂。"

说到这里，众人挤眉弄眼，爆发出一阵大笑。

我听见熟悉的名字，顿住了脚步。

那个被捧在中间的男人，长相和萧祈有几分相似。

我知道他。

这人出道时仗着这张脸，占尽了便宜，一跃成为当红小生。

我皱眉打断。

"你不能这样说他。"

萧哲的目光落在我脸上，神色疑惑。

"你哪位？"

我认真重复："这与我是谁无关。

"你不能这样说他。

"你不能这样说任何人。"

如同听见什么天大的笑话，萧哲哼笑。

"你叫什么名字？"

他的神情太过轻蔑，太过理所当然。

仿佛只要我敢说出名字，他就能让我从此连尸体都没得演。

身后，忽然响起一道熟悉的声音。

"萧哲。"

萧祈神色冷淡，不知道来了有多久。

"周六的家宴，你不用来了。"

只一句，萧哲面色瞬间惨白。

他咬了咬牙，从喉咙里挤出一句"凭什么"。

萧祈只是淡淡扫他一眼。

萧哲气极，却别无他法，转身就走。

那一瞬间，我想起曾经听过的另一则八卦。

有人说萧哲是萧家流落在外的私生子。

他诋毁萧祈，是因嫉妒。

我搓了搓裸露在外的胳膊。

人真是复杂的动物啊！

下一刻，我肩头一重。

一件西装外套落在了我肩上。

熟悉的淡香将我包裹住，是小院里新开的玉兰。

我骤然抬眼，对上萧祈温和的目光。

"晚上风大，小心着凉。"

披好衣服，他又绅士地退开几步。

"谢谢。"他认真地看着我。

"还不知道你的名字。"

平时当雪貂时，我敢在他身上四仰八叉地睡觉。

现在变成了人，不知为什么，我倒不敢直视他的眼睛了。

可是，朝夕相处这么久。

我很想让他知道我的名字。

我抿了抿唇，有些紧张地开口。

"云苓。我叫云苓。"

我落荒而逃。

耳根烫得吓人。

我用冰凉的手心捂了半天，都没能降温。

脑海里，都是萧祈最后那个温柔的笑。

我恍恍惚惚，几步路走得东倒西歪，和醉酒的鬣狗似的。

不行，不能这样。

我决定做点什么，来让自己冷静一下。

余光一瞥，正看见在底下花园踢石头的萧哲。

得给他个教训，让他知道要尊重别人。

我溜回了更衣室。

十分钟后，一只雪貂悄无声息地出现在花园中。

7

我潜伏在黑夜中的灌木丛。

在萧哲烦躁踱过的那个瞬间，我扑上去狠狠咬了他一口。

两个小小的血洞出现在他腿上，血流如注。

萧哲吃痛。

"什么东西？！"

在他的惊叫引来巡逻的安保前，我借着夜色的掩护，大摇大摆地跑了。

风在耳边呼啸，擦过脊背，抚摸着我的皮毛。

我回味着萧哲那个惊恐的神情。

越想越开心，面前，却传来一声惊愕的——

"小乖？"

我没抬头，一溜烟跑没影了。

萧祈望着夜风里狂奔的貂："？"

我衣冠楚楚地从更衣室出来时，正遇见蹙着眉头的萧祈。

他看上去好像在找什么。

"云小姐。"

我被喊住，镇定抬头。

萧祈犹豫了一下，神情有些担忧。

"请问你有看到——"

我摆摆手，若无其事地接话。

"你好，我没有看到雪貂。"

萧祈："？"

看见萧祈诧异地挑了一下眉，我终于意识到自己在说什么，貂躯一震。

我只好硬着头皮往下编。

"不是，我是说……"

我极力找补，手脚并用地比画。

"我家养了只雪貂。

"然后它跑了，我在找它，但是没找到……"

不知道为什么，我感觉萧祈的礼貌笑容快要挂不住了。

他会不会觉得我是神经病啊？

我闭了闭眼，悲伤道：

"是的。就是这样了。"

…………

我在萧祈到家前飞奔了回去。

咪咪见我今天回来得晚，绕着我闻了闻，委屈又生气地喵喵大叫。

大概是闻见了许多陌生人类的气息，以为我出门鬼混去了。

我哄了它几句，就听见电子锁解锁的微响。

门一开，我热情地扑进了萧祈怀里，仿佛一天没见，亲昵地蹭着他的脸。

萧祈揉了揉我的脑袋。

"小乖，又偷偷跑到哪里去玩了？"

我装作听不懂他的话，摇头晃脑往他衬衣里钻，这里嗅嗅，那里舔舔。

萧祈被气笑了。

他捏着我的后颈皮将我从衣领里拎了出来。

"毛都被夜露沾湿了，还装无辜？"

我："！"

我见势不好，谄媚地抱住他的手腕，贴贴。

萧祈见我这副卖乖的模样，无从下手。

他头疼地敲了敲我的脑袋。

"下不为例，好不好？"

8

一大早，萧祈的经纪人就来敲他的门了。

他把手机拍在了萧祈面前。

我探过头去看——

（爆）知名男演员夜会龙套群演

（爆）人气小生被不明生物袭击

（爆）骨头娱乐段总在酒店与金主互殴

（沸）你在工作中捅过最大的娄子是什么？

"知名男演员、夜会、龙套群演？"经纪人被气笑了，"真是敢炒作。怎么，现在的小演员想红想疯了？"

我震惊地看着那张不知道从什么角度偷拍的照片。

夜色里，萧祈低头与我交谈，而我一身白裙，肩上披着他的西装外套，微仰着头。

我们目光相接，倒真有几分说不清的暧昧。

萧祈垂眼，手指划拉了一下手机，只是摇头。

"不是她。

"别为难她。"

经纪人走后，萧祈又点进那条不明生物袭击的热搜。

短短几秒的视频里，一道白影从灌木丛中蹿出。

一击得手，又迅速消失不见。

萧祈翻来覆去地看了好几遍。

最后，目光落在了我身上。

"小乖。"

他屈着手指，敲了敲屏幕。

"这是怎么回事？"

我歪了歪脑袋，满脸无辜。

这到底是怎么一回事呢？

雪貂也不知道。

…………

妙法是在我收工回家时抓到我的。

这人盯着我看了半天，幽幽开口。

"国服打野，战绩可查，一晚上2:0:0。

"云苓，你杀疯了是吧？"

我矜持一笑。

"还可以吧。"

妙法乐不可支。

"阿朔还担心你在这里受欺负，让我接你回来。

"某些狼白天冷着脸捕猎，晚上指不定躲在哪儿偷偷哭去了。

"现在看来——你混得好得很啊！"

我小小声道："嗯……也不是很好。"

听我说完前因后果，妙法痛心疾首。

"那个段长风，可是臭名昭著的妖贩子。

"貂啊，你这是给妖贩子卖了！"

妙法受不了这气。

他思来想去，决定先把段总套个麻袋揍一顿。

我："壮士请留步！"

在知道段总因为和金主互殴被打进医院后，他终于舒服了。

"啧。一晚上3:0:0，根本难不倒你。

"貂啊，干得漂亮。"

天色渐晚，妙法便问我要不要和他回妖界去。

我眨了眨眼睛，沉默了一小会儿。

"可以晚一点走吗？"

"理由？"

理由吗？

我想，或许是因为萧祈院子里的晚玉兰还没有开。

我好像习惯了每天回到那里的日子，习惯了和咪咪跑酷玩耍，也习惯了陪萧祈在后院乘凉看花。

话到嘴边，却变成了——

"我还没当上大明星。"

如此简单，如此有说服力。

"哦？"妙法似笑非笑。

我垂死挣扎："我知道貙长老的果子酿藏在哪里——"

妙法笑盈盈："成交。"

9

段总出院，已经是半个月以后。

他很快就搞明白了那晚是怎么回事。

在我装傻充愣下，他愣是一腔怒火没处使。

在知道了那晚我和萧祈的头条绯闻后，他眼珠子滴溜溜地一转。

"你，我另有妙用。"

他转手就将我塞进了一档荒野求生的综艺。

我的满头问号在发现萧祈也在邀请嘉宾之列时，得到了解答。

我苦哈哈地想——

那天早上萧祈的经纪人说我想红想疯了，蹭他的热度。

这下，算是将这个罪名坐实了。

很快就到了综艺录制那天。

萧祈出发前夜，将我和咪咪叫到了面前，交代了他要去干什么。

说他拜托了助理每天来投喂。

让我们乖乖等他挣罐头回来。

叮嘱了半天，他又想起我是只不太老实的雪貂。

思来想去，他无奈地摸了摸我的脑袋。

"遇见危险就往家跑，知道吗？"

我点点头。

萧祈前脚刚走，我后脚也跟着出了门。

"咪啊。"

我潇洒地朝它挥了挥爪子。

"我最近不回来了，你乖乖的哈。"

10

早上八点，我们到达集合点。

参加这档综艺的嘉宾一共两男两女。

除了我和萧祈，还有萧哲和资方塞进来的素人小宛。

见人齐了，导演宣布规则。

嘉宾抽签分为两组，携带微型摄像头，在这片山林中开启为期一个月的生存游戏，成功生存下来的小组即为胜利。

若中途求助工作人员，则为挑战失败。

那厢，已经公布了抽签结果。

看到自己的名字和萧祈并列后，我松了口气。

还好不是和萧哲这个坏东西组队。

工作人员见组队完成，准备收走我们携带的物资。

导演暗示，可以在这个环节抢回一点物资。

眼见其他三人开始动作了，我尴尬地站在原地。

……这样不行。

于是我硬着头皮，凑到萧祈旁边扒拉他带的东西。

那个收我背包的工作人员愣在原地。

"云苓，你抢错了。

"你的背包在这里！"

我知道！

我回想起背包里满满当当的零食和罐头，头皮发麻。

当时光想着自己会打猎，饿不死，就想带点别的食物加餐。

却没想到，还有这种尴尬的开包环节。

那个工作人员见我不肯回头，想从背包里拿点什么吸引我的注意力。

然后，他掏出了一包鹌鹑冻干。

工作人员："？"

有点邪门。

他不信邪，接着掏，又掏出了一个金枪鱼罐头。

"补充蛋白质，增强营养，光泽美毛……"

显然，这是一个宠物罐头。

萧哲对着镜头，露出震惊的表情。

"你有异食癖？"

我咬牙。

"不好意思，我带错包了。"

在我谴责的目光下，工作人员撤离之前，还是给我留了一个罐头。

我们就这样背着少少的物资，向山林进发。

在寻找营地的过程中，萧祈冷不丁开口：

"我家雪貂也喜欢吃这个口味的罐头。"

我佯装镇定："我也是！"

察觉到这句话有歧义，我警觉地补充：

"我的意思是，我家养的也是。"

萧祈不经意地点头，随口问：

"你家丢的雪貂找到了吗？"

"……"我轻咳，"找到了。"

11

转了大半天，我们选好了营地。

草软，刚长出来，躺着舒服。

树不高不矮，枝丫粗壮，睡得安全。

我满意地点点头。

谁知摘完野果回来，就看见营地上凭空出现了一座小屋。

我惊得睁大了眼睛。

这是……哪里来的？

萧祈见我远远地愣在原地，朝我招了招手。

"云芩，这边。"

我戳了戳小屋子的墙，软的。

"这是哪里来的？"

他低低"唔"了声。

"我带的简易帐篷。刚抢回来的。"

刚抢回来的……物资？

我这才发现，萧祈抢回的物资都是我不认识的。

我拿起一个小圆筒，面露茫然。

"这是什么？"

"火折子。"

"那这个呢？"

"手电筒。"

"这个？"

"指南针。"

"这……"

"军刀。"

我沉默半晌，心虚地瞄过角落里的金枪鱼罐头。

"抱歉，我拖你后腿了。"

我羞愧得想找个洞钻进去。

"我不知道要带这些东西。"

萧祈见我垂头丧气的模样，哑然失笑。

"可是你摘的果子很甜。

"每个人都有自己擅长的东西，这就够了。"

我呆呆回望着他。

"这就够了吗？"

他学着我的语调，轻轻地笑起来。

"是的呀。"

幸好，我不只会摘最甜的果子。

午后休整时我跑出去溜达了一圈。

傍晚时分，我揣着一兜鸟蛋回来了。

萧祈见我得意地摇头晃脑，配合地发出惊呼。

于是我又掏了一窝回来。

这一晚，萧祈在帐篷外守夜。

我窝在睡袋里，安然睡去。

梦里，我因为掏了鸟蛋，被一百只雌鸟追得上蹿下跳。

按理来说，作为一只貂，我是不应该害怕鸟的。

可是它们追着拔我的毛。

我痛得一激灵，猛然睁开眼。

吓死貂了！

我惊魂未定，想要摸摸脑袋，安抚一下自己，又在看见自己粉色的爪垫时陷入呆滞。

我："……"

吓得都变回原身了。

我将衣服捡起来穿好，悄悄拉开帐篷的门。

东方微明，火堆已经燃尽。

萧祈抱着把军刀，阖眼睡去。

这一夜，除了我梦中凶狠的一百只雌鸟，没有别的猛兽。

也算平安度过。

"萧祈，萧祈。"

我轻轻摇着他的肩膀。

"我睡饱了，你回去补觉。"

萧祈轻轻"唔"了声，脸无意识地偏过来，险些蹭上我的鼻尖。

……好近。

天光漏过林梢，浅浅覆在他眉睫，安恬而美好，仿佛连造物主都不忍惊动他的好眠。

萧祈悠悠转醒时，我通过长久的注视，已经对他的脸免疫，非常镇定地将他赶回了帐篷里补觉。

我不知道的是——

萧祈整理着睡袋，忽而困惑地眨了眨眼。

一根柔软的白毛正静静躺在他的掌心。

12

第一周时间转眼过去。

我和萧哲在林中碰见过几次。

他每次都用那种阴恻恻的目光盯着我。

我莫名其妙地瞪了回去。

也有一次我遇见灰头土脸的小宛。

远远地，就看见她蹲在树下哭。

我一问才知，他们的食物消耗完了，她是出来找吃的。

可她追不上野兔，也爬不上高高的树杈掏鸟窝。

每次她都空手而归。

萧哲表面上不责怪，一副好脾气队友的模样。

摄像头拍不到的大多数时间里，他却对小宛冷言冷语。

"云苓。"她抽噎着，"我是不是很没用啊？"

我想了想，将刚捉到的山鸡塞进她手里。

"不哭，现在就有猎物啦。"

后来隔三岔五，我遇见小宛，都会把猎物给她分点。

小宛则送我一些她自己编的花坏，作为答谢。

山中日月长。日子一天天过去。

147

变故发生的那晚，正好轮到我守夜。

我听见了小宛惊恐的尖叫。

今夜无星无月，大雾弥漫。

我的视力并不好，大多数时间靠的是嗅觉。

随着距离越来越近，我也闻见了……萧哲的味道。

我想到一个很坏的可能。

拨开树丛时，我没有看见小宛。

身后，却有人狠狠推了我一把。

我失去平衡，狠狈摔下的那一瞬，悚然发现身后并非平地，而是断崖。

小宛的声音在不远处响起，扭曲得变了调。

"你一个行业边缘的小演员，也敢蹭我们哥哥的热度。

"你去死！"

下一刻，有人拽住了我的手腕，生生止住了我的降落。

我悬在半空，听见很多声音。

萧祈急促的喘息声。

小宛的惊呼声。

还有……萧哲愉悦的笑声。

"终于消失了。"

13

断崖之下是深谷。

横生的树杈救了我们一命。

下坠时，萧祈紧紧护着我，自己却摔断了骨头，行动不便。

觅食的重任落在了我身上。

我害怕谷中有凶兽，只敢在萧祈白天睡着的间隙变回雪貂捕猎。

萧祈对这些被咬死的猎物表示惊讶。

我没办法解释，面色不变地忽悠他。

"……捡的。"

趁着萧祈午睡，我将洞口用宽大的树叶遮掩住，琢磨着再去捉几只鹌鹑回来给他加餐。

他的伤总是不好，人也一天天消瘦下去。

我很愧疚，觉得自己没能照顾好他。

一只悠闲散步的野鸡恰在此时出现。

我心神一振，化为兽形，飞速追了上去，以至于，没能听见身后的响动——

萧祈拨开了遮掩洞口的树叶。

他怔然望向我的背影。

…………

晚上烤鸡的时候，我总感觉有人在看我。

转过头，身后却只有一个萧祈。

思来想去，我小心翼翼地戳了戳他。

"是你在偷偷看我吗？"

萧祈沉默片刻："是。"

我表示理解。

毕竟，平时他罐头开慢了，我也要小发雷霆。

"你不要急哦，这鸡还要烤一会儿。"

我绞尽脑汁地安抚这个饥饿的人类。

"等会儿熟了，就给你撕一个大鸡腿！"

萧祈神色复杂。

他张了张嘴，想解释什么，被我潇洒地一摆手打断。

"我懂，我都懂。"

那只野鸡看似肥胖，却十分矫健。

我费了不少力气才抓住它。

烤鸡的时候，我捏着它的爪子陷入沉思。

它闻起来这么香，是怎么跑那么快的呢？

正想得出神，身后，传来一声轻轻的——

"小乖。"

我下意识回头。

总之，等我反应过来这是个什么情况时，事情就这样离奇地发生了。

"哈哈。"我僵硬地笑了声，"小乖是谁啊？"

萧祈定定看着我，不说话。

我破罐破摔。

"你什么时候猜到的？"

萧祈没给我留面子。

"第一次见面，就觉得十分可疑。"

我胡搅蛮缠："那也不能直接证明是我。"

萧祈沉默片刻，一言难尽。

"那就是在睡袋里。

"小乖，你掉毛。"

我垂死挣扎。

"你家里有咪咪，也可能是它的毛。"

萧祈无奈地叹了口气。

"咪咪是橘猫，不掉白毛。"

14

见被拆穿，我索性也不遮掩了。

萧祈看着缩在角落装死的雪貂："……"

我闭着眼，努力忽略心头那种微妙的尴尬。

都怪他揭穿我！

天一亮，我又若无其事地出门打猎。

日落时，我拎着几只被咬断脖子的山鸡野兔回来。

只是这一次，我不用再心虚地解释"是捡的"。

萧祈一直很沉默。

我猜，他在为我的隐瞒而难过。

直到深夜里，我缩成一团，正要睡去，却听见一句愧疚的——

"对不起。"

萧祈目光复杂。

"这些天，是我连累了你。"

原来，他是因为这个难过？

我摇了摇头："没有哦。"

见他不语，我开始慢吞吞地掰手指头。

"你会搭帐篷。

"会使用火。

"会抓鱼烤鱼。

"烤鱼香香的，很好吃。

"还会在我掉下悬崖的时候救我。"

如同上综艺第一天，他安慰我那样，我认认真真地告诉他：

"在我眼里，你是一个厉害的人类。

"你不用因为我照顾你而感到愧疚。

"换作是你，也会这样做。"

就像你在我很饿的时候，会再给我开一个罐头那样。

阿朔教过我，爱是互相照顾。

至于阿朔是谁……

他是一只狼，是我的……

我绞尽脑汁，找到了人类语言里对应的那个表述。

——家人。

今夜林中无雾，星河璀璨。

我看向篝火、繁星和萧祈的眼睛。

我在人类的爱里，见过他。

15

我们说了好多话，直到东方微明。

在即将睡去的那一个时刻，我终于总结出今晚这番话的中心思想。

为了防止醒了以后忘掉，我决定现在就告诉他。

"咕噜。"

我心满意足。

窝在萧祈怀中沉沉睡去。

梦中，我回到了家，咪咪委屈地朝我喵喵大叫。

我们追逐打闹，灯光追着步子渐次亮起。

门口传来熟悉的脚步声。

然后，是电子锁解锁的轻响。

我扑进来人怀里。

闻见他身上沾着的，小院中晚玉兰的香气。

他出现在这个春风沉醉的夜晚。

他望着一屋璀璨灯火，笑得眉眼弯弯。

"小乖又给我留了这么多灯呀。"

我摇了摇尾巴。

晃晃悠悠，梦醒了。

我睁开眼，正看见和尚锃亮的光头。

还在做梦？

我闭眼，又睁开。

妙法眼中笑意更深。

"恭喜你，终于醒了。"

我茫然："萧祈呢？"

妙法漫不经心地"啧"了声。

"他去配合警方调查了。你就好好躺着吧。"

据妙法说，节目组在发现我们失踪后报了案。

萧哲准备的干扰仪妨碍了微型摄像头的拍摄。

他想制造出我们失足坠崖的假象，却没想到，节目组那晚还派出了一架直升机跟拍。

现下，他们两人正面临着故意杀人罪的指控。

妙法脖子上挂着个小牌子，在我面前一摇一摆。

我下意识抓住。

"妖怪管理局……执法部门……"

我纳闷："这个又是什么？"

"哦，这个。"

妙法扫了一眼，轻描淡写。

"这是小僧的工牌。"

我一脸震撼。

刚化形那会儿，我在妖界到处疯跑，经常见到他。

一来二去，我们就成了朋友。

没想到这个奇怪朋友是这个来头。

妙法哼笑了声。

"还有一个好消息，要不要听？"

他说，段长风涉嫌多个经济案件，并且恶意囚禁其他小妖，已经被妖怪管理局逮捕了。

这些天，妙法在宇宙骨头娱乐公司卧底，收集了不少证据。

段长风被抓那天，还在嚷嚷他们暴力执法。

于是妙法轻描淡写地告诉他：

"你若非要这么说，小僧确实略通一些拳脚。"

我肃然起敬。

"阿弥陀佛，我佛慈悲。"

16

我再次推开小院的门扉时，已经过了晚玉兰的花期。

所幸，还有一人一猫在等我。

咪咪飞奔着扑进了我怀里。

我掂了掂，发现这只猫又重了不少，压得我胳膊隐隐酸疼。

猫第一次见到我的人形，惊奇得很。

它一个劲儿地撒娇往我怀里钻。

我无奈地看向旁边的萧祈。

四目相对那个瞬间，我的心跳恍然错了一拍。

萧祈轻声道："咕噜。"

我惊得睁圆了眼睛。

耳根一瞬间烧了起来。

看见我的反应，萧祈露出了然的神色。

于是，他认真重复了一遍。

咕噜。两个简单的音节。

在雪貂的语言里，意思是在长满小花的原野上打滚。

对应人类语言的表述，大概是……

我恍恍惚惚，望进他温柔的眼睛。

"喜欢。"

他的眼睛里藏着那晚璀璨的星光。

带回我半梦半醒间，那句呢喃的回音。

喜欢。他说是喜欢。

我的心也变成这样一片绿野。

我们彼此凝望，苍穹之下，万物生长。

萧祈的脸颊近在咫尺。

我试探性地凑了过去。

我说："咕噜噜。"

——我想邀请你一起在长满花的原野上打滚，交换气味。

见他目光纵容，似是鼓励。

我大着胆子，亲了亲他色泽殷红的唇。

萧祈轻轻笑了声。

下一刻，唇上的力道重了些。

我感受着他的气息，晕乎乎地想——

阿朔没骗我。

人类，果然是甜的。

图书在版编目（CIP）数据

照殿红 / 昔昔盐著. -- 北京 ：中国友谊出版公司，
2025. 6. -- ISBN 978-7-5057-6046-2

Ⅰ. I247.7

中国国家版本馆CIP数据核字第2024EN3381号

书名	照殿红
作者	昔昔盐
出版	中国友谊出版公司
发行	中国友谊出版公司
经销	新华书店
印刷	河北鹏润印刷有限公司
规格	880毫米×1230毫米　32开
	5印张　108千字
版次	2025年6月第1版
印次	2025年6月第1次印刷
书号	ISBN 978-7-5057-6046-2
定价	38.00元
地址	北京市朝阳区西坝河南里17号楼
邮编	100028
电话	（010）64678009

如发现图书质量问题，可联系调换。质量投诉电话：010-82069336